Vijf strippen

Wiegertje Postma

Vijf strippen

Rothschild & Bach / Spunk Boeken, Amsterdam 2007

Spunk Boeken zijn een gezamenlijke productie van
Uitgeverij Rothschild & Bach en Spunk

Andere titels van Spunk Boeken:

Ali B, *Rap around the world*
Renske de Greef, *Lust*
Renske de Greef, *Seks in Afrika*
Renske de Greef en Jan Hoek, *Ja/Nee*
Raoul de Jong, *Stinknegers*
Raoul de Jong, *It's amaaazing!*

Eerste druk, december 2006
Tweede druk, maart 2007

Omslagontwerp: 75B, Rotterdam, 2006
Foto achterzijde: Geert Jan Hahn
p. 72: Jane Austen, *Pride and Prejudice*, Bounty Books, London 2005

ISBN 978 90 499 5029 3
NUR 301

www.rothschildenbach.nl
www.spunk.nl

Rothschild & Bach is een imprint van Foreign Media Books bv,
onderdeel van Foreign Media Group

Maandag de 18e

I

Er waren drie dingen waar ik de ochtend van die bewuste maandag de achttiende een innige dankbaarheid voor voelde:

1. Het feit dat me een nieuwe dag gegeven was,
2. Dat mijn familieleden allemaal gezond en in leven waren, met uitzondering van opa Harm die dan niet gezond of in leven, maar wel al in het Hemelrijk is. Ook weet ik niet hoe het gaat met oom Joop en zijn vrouw en kinderen, aangezien niemand hen meer gesproken heeft sinds ze in de stad zijn gaan wonen. Maar de rest: gezond en in leven,
3. De ademhalingstechniek die mijn moeder mij heeft aangeleerd toen ik faalde in het met mijn fiets een stoep op rijden en een eindje over het asfalt schoof, waarna er uit beide knieën steentjes gepulkt moesten worden: in door de neus, uit door de mond, met pufjes. Sindsdien heeft diep ademhalen me uit bijna alle nare situaties gered. En toen ik enige tijd later op een betonnen rand gevallen was, had de dokter tijdens het hechten van mijn hoofd gezegd dat ik met mijn ademhaling zo van een tweeling zou kunnen bevallen.

Verder was er die ochtend heel weinig om dankbaar voor te zijn. Allereerst waren er mijn zenuwen, die een schunnig feestje in mijn maag leken te houden. Het angstzweet stond in mijn donzige snorretje en diverse keren dacht ik door mijn benen te zullen zakken. Om de bittere ellende compleet te maken, waren de banden van mijn rugzak niet gelijk afgesteld en sneden de hengsels van mijn gymtas in mijn vingers. Bovendien, realiseerde ik me met vrees in het hart en een steek in de zij, was de halte verder dan ik me kon herinneren.

Hoewel rechtstreeks uit de gulle handen van de Heer, was deze dag nu al ondraaglijk, en het was waarschijnlijk dat die weinig koprolwaardige trend zich de rest van de dag zou doorzetten. Het bruine regenwater dat door het voorbij ronken van de streekbus vanuit de goot rechtstreeks op mijn fonkelnieuwe ribbroek spatte, versterkte mijn behoefte om me in de bosjes te storten en daar in foetushouding te wachten tot de dag voorbij was. Mijn broek. Mijn mooie nieuwe broek die mijn moeder gisteravond zo liefdevol voor me klaargelegd had. Misschien kon ik het er nog afvegen met mijn gymshirt. Niet aan denken nu. Ik zette een sprint naar de bushalte in. In door de neus, uit door de mond. Met pufjes.

De bus. Ik kan niets tegennatuurlijkers bedenken. Het hele concept van ergens naartoe gereden worden zonder daar zelf de hand in te hebben, staat me schreeuwend tegen. Het mag duidelijk zijn dat de beslissing om naar een andere school te gaan niet door mij gemaakt was. Ik was best een tevreden mens geweest op mijn oude school. Mijn moeder had misschien gelijk met haar argumenten dat niemand bevriend met me wilde zijn en dat het onderwijs, de docenten en de leerlingen allemaal van God los waren, maar toch had ik nooit problemen met die omstandigheden. Er is niks mis met in de pauzes eenzaam in een hoek van de garderobe je boterhammetjes oppeuzelen, als je er eenmaal aan gewend bent.

Mijn oude school was op bescheiden loopafstand van mijn bed geweest, en bovendien kende ik al mijn schoolgenoten bij naam of gezicht. Het idee nu nieuwe mensen te moeten leren kennen, maakte me draaierig. Vrienden maken moest ik zelfs, had mijn moeder gezegd. Met ons soort mensen. Kinderen van God.

Ik hou niet van vrienden maken. Ook niet met vrienden van God.

De bus sloot zijn deuren al toen ik de halte bereikte. Mijn hartslag dreunde door mijn hele lichaam en er zat een verontrustende reutel in mijn ademhaling. Dit kon niet anders dan een teken zijn. Het was niet de bedoeling dat ik in deze bus zou stappen. Tekens dienen niet genegeerd te worden. Terug naar huis gaan was het beste wat ik kon doen. Mama zou het begrijpen. Ze zou me chocolademelk en koekjes geven. Ik zou de hele dag mogen lezen.

'Zeg. Wat wil je nou?' De buschauffeur keek me aan alsof ik zijn moeder beledigd had. De deur was weer open.

Trillend viel ik met het optrekken van de bus neer op een leeg bankje. Ik had verkeerd gehandeld, dat kon niet anders. In mijn paniek had ik niets durven doen dan toegeven aan het dwingende rozijngezicht van de chauffeur.

Ik klemde mijn handen om mijn tas en probeerde me te ontspannen door me te concentreren op de viezigheid op het raam. Het was fijn dat er maar één meneer tegenover me zat. Het was fijn dat ik niet achterstevoren hoefde te zitten. Ik had me geen pijn gedaan, geen tanden verloren, ik hoefde niet te huilen. Het viel best mee allemaal.

Ik knikte naar de meneer tegenover me. Hij had geen opvallende gelaatstrekken en deed me daarom het meest denken aan een komkommer. Zonder smaak, maar wel vriendelijk. Het soort groente waar je je veilig en geborgen bij kunt voelen.

De komkommer glimlachte naar me en kneep geruststellend zijn ogen samen. Ik zuchtte opgelucht en keek naar buiten. Bomen schoten aan me voorbij. De grip op mijn tas verslapte een beetje.

'Je eerste dag, dit?' vroeg de komkommer.

Ik keek verschrikt op. Ik was nooit uit geweest op een conversatie. Had ik die indruk gewekt? Wanneer had ik die indruk gewekt? Onvoorbereid gesprekken voeren was niet mijn sterkste kant. Het eerste geluid dat ik kon produceren, klonk alsof het uit een snaveltje kwam. Ik durfde niet te hoesten en knikte alleen maar, in de hoop dat het bevestigend genoeg over zou komen.

'Spannend.'

Het lukte me er een waterig glimlachje uit te persen. Ik voelde een allesverterende misselijkheid opkomen, en we waren nog niet eens bij de rotonde. Ik had nooit in moeten stappen.

Dat gevoel werd bevestigd toen een verontrustend dikke vrouw zichzelf de bus in werkte. Ze bestond uit een hele hoop vlees, een bril die op haar afmetingen was aangepast en haar dat als een vettig plakkaat tot net over haar oren hing. Een gruwelijk gezicht.

Ik moest íets, boos kijken, uitgestrekt over de stoelen liggen, doen alsof ik nooit echt was ingestapt, íets om haar te laten inzien dat ze niet de stoel naast me moest uitkiezen om op neer te storten.

Een deel van haar landde op mijn dijbeen. Ik leek te verschrompelen bij zoveel afstotelijkheid. Ik voelde mensen kijken. Naar mij. Naar de vrouw. Het. Dinges. Als ze maar niet dachten dat dit mijn moeder is. Of een kennis. In Gods Naam, als ze maar niet tegen me zou praten.

Ze schraapte haar keel en begon te neuriën. Iets onherkenbaars. Ze riekte. Naar kast, zweet en bloemkool. Ik kneep mijn ogen dicht en drukte mijn neus diep in mijn tas. De geur van pindakaas met aardbeiendrinkyoghurt was me nooit eerder zo welkom geweest.

Toen ik opkeek, zag ik de komkommerman weer naar me kijken. Hij gebaarde dat hij ook vond dat ze vies rook. En dik was. Ik werd een beetje warm vanbinnen en probeerde de misselijkheid weg te slikken. Deze meneer voelde met me mee. Hij vond het niet nodig me belachelijk te maken omdat de dikke mevrouw de stoel naast mij had uitgekozen.

Ik trok mijn been resoluut onder haar vandaan. Het was niet mijn schuld. Niks om me voor te schamen.

De rotonde viel me zwaarder dan gedacht. Mijn maag leek niet mee te draaien met de bocht die de bus maakte, wat de kramp in mijn vingers scherper deed uitkomen en me een schreeuwende hoofdpijn bezorgde. Ik probeerde diep adem te halen. In door de neus, uit door de mond. Pufjes. De lichaamsgeur van de mevrouw naast me verpestte ieder mogelijk positief effect dat een ademhalingsoefening zou kunnen hebben. Al mijn organen leken samen een verre van synchroon dansje te doen.

De meneer raakte mijn knie aan. 'Gaat het wel?'

Ik schudde met moeite mijn hoofd, tranen stonden in mijn ogen.

'Zal ik vragen of we even voor je stoppen?'

Nee. Niet stoppen. Ik hoefde nog maar eventjes. Gewoon uitstappen, wilde ik. Bij mijn halte. Ongezien naar mijn nieuwe school lopen en in alle rust, helemaal alleen, een rotdag beleven.

Eindelijk herkende ik 'Yellow Submarine' in het geneurie van de dikke vrouw, de meneer keek me onverminderd bezorgd aan en zei wat willekeurige kalmerende woorden. Ik rukte mijn klamme gymtas open en kotste erin.

Het werd stil in de bus. Alle blikken waren op mij, en mij

alleen, gevestigd. Ik veegde mijn mond af met de bovenkant van mijn tas. De dikkerd zweeg, stond op, sjokte het gangpad door en ging ergens anders zitten. Ik realiseerde me dat ik nu waarschijnlijk het meest stonk van iedereen. Ik schaamde me. Ik schaamde me zo erg dat het pijn deed aan al mijn ledematen.

'Dit is mijn halte,' zei ik zachtjes tegen de komkommermeneer, mijn stem nog schor van de zurigheid die mijn keel verschroeid leek te hebben.

Hij nam de rugzak van me over en hielp me overeind. 'Ik loop wel even met je mee.'

Ik knikte. Niets in me dacht erover te protesteren. Zijn hand op mijn schouder, toen ik trillerig de bus uit schuifelde, stelde me een beetje gerust. Iedereen keek me na, terwijl ik mijn klotsende gymtas voor me uit droeg. De kotsjongen zou ik voortaan zijn. Het deed minder pijn dan verwacht. De komkommerman was bij me en respecteerde me nog. En toch. Was ik maar nooit ingestapt.

2

In tegenstelling tot wat algemeen wordt aangenomen, is er heel weinig poëtisch aan de vroege morgen. Mensen die zeggen dat ze kunnen genieten van het ochtendgloren en van het vroegste gefluit van de vogeltjes, hoeven nooit verplicht vóór zeven uur 's ochtends hun bed uit. De vroege ochtend is voornamelijk gewoon vroeg. Het doet mij vaak pijn, fysieke pijn. Het krieken van de ochtendstond en de ontwaakrituelen van vogeltjes halen weinig uit als mijn hele wezen schreeuwt dat ik op dit tijdstip nog niet buiten hoor te zijn. Het druist in tegen alles waar ik voor sta. Vooralsnog zijn er geen verlaten straten of zich in een waterplas wassende babyeekhoorntjes geweest die mij van het tegendeel hebben kunnen overtuigen.

Integraal Personeelsmanagement helpt ook niet. Meestal probeer ik onderweg iets te lezen om mijn voorsprong op de nog slapende rest van de wereld niet verloren te laten gaan, maar de hoek die mijn oogleden moeten maken als ik rechtop zittend een boek op schoot probeer te lezen is dusdanig klein dat volledig dichtvallen het onvermijdelijke gevolg is.

Slapen in het openbaar vervoer is niet mijn stijl en een boek recht voor mijn ogen houden ook niet. Uit het raam staren is daarom de enige vol te houden activiteit op de vroege morgen. Met *Integraal Personeelsmanagement* open op de juiste bladzijde, want uiteindelijk gaat het in het leven om de goede bedoelingen.

Het is niet gezegd dat ik bij het staren ook werkelijk iets zie.

De honderden bosjes en struiken, de weilanden, de zwaarbebrilde gehandicapte die blijkbaar helder genoeg is om iedere ochtend op zijn gezondheidsfiets door mij en de bus ingehaald te worden, ik heb ze allemaal al uitgebreid aan diverse onderzoeken met verschillende invalshoeken onderworpen, en ze zien er iedere keer hetzelfde uit. Colaflesjes in de berm, neergelegde bloemen bij een boom, 'Jezus zegt: zoekt mij en leeft', Venus in fonteinvorm voor iemands rijtjeshuis, 'Heden zijn wij reuze blij, met een dochtertje erbij'.

Ik heb er een tijdje om kunnen janken. Als ik 's ochtends een Abraham in iemands tuin passeerde, moest ik in mijn handen knijpen om de tranen tegen te houden. Ik kon het niet helpen. Bij ieder op een doek geschilderd rijmpje ter ere van een levensmijlpaal leken verveling en gemakzucht mij het snot uit de ogen te willen slaan. De saaiheid kan aan je gaan knabbelen en langzaam je ziel in beslag nemen, daar ben ik van overtuigd. Maar ik heb me er als een beer tegen verzet. Ik wil niet zo eindigen. Ik wil niet dat mijn creativiteit van een wild feestje compleet met weelderige travestieten en een politieinval, verwordt tot een schraal toendralandschap, waarin ik alleen nog voorgekauwde rijmpjes en teksten op de wijs van 'Que Sera' kan reproduceren.

Het gaat tot dusver heel aardig met me. Ik word scherp gehouden.

Zwijgend zakte hij in de stoel naast me neer. Dat doet hij met een zekere regelmaat. Hij heeft me verteld dat hij Dimitri heet en een opleiding farmacie doet. Het is geen opvallende jongen, met zijn bruinige haar en een brilletje zonder montuur. Maar hij is én kleedt zich niet onaardig. En hij vindt me leuk. Dat pleit ook voor hem.

Ik sloeg mijn boek dicht, wees op het plastic tasje dat hij bij zich droeg en vroeg hem, zonder enige moeite te doen mijn brandend verlangen te verbergen, wat erin zat.

Hij glimlachte en wiebelde wat met zijn wenkbrauwen om de spanning op te bouwen. 'Ik denk dat je het wel kunt waarderen. Dit stom vinden staat namelijk gelijk aan je menselijkheid ontkennen,' zei hij met voor zijn doen verbazend veel flair.

Ik applaudisseerde kort om mijn enthousiasme te benadrukken en hield mijn hand op. Hij overhandigde het tasje gehoorzaam. Het voelde aan als een plaat of een kalender.

Het bleek een plaat. Olivia Newton-John. *Let's Get Physical*? Hij had *Let's Get Physical* voor me gekocht. Ik hoopte dat de blik die ik hem stuurde voor meewarig kon doorgaan. Ik hou van dat woord, en van de blik.

Het was niet het meest subtiele cadeautje dat ik ooit gekregen had. Goed, het rolletje Wilhelmina-pepermunt dat hij een paar weken geleden nog voor me had meegenomen zou een enkele zieke geest wellicht als suggestief kunnen opvatten, maar wat hij me nu gegeven had was zonder twijfel een regelrechte muzikale uitnodiging voor een stevig robbertje spierpijnseks.

Dimitri was duidelijk gekwetst door mijn scepsis. Hij verdedigde de artistieke waarde van de muziek en wees me op Olivia Newton-Johns zweetband, die fier op de hoes prijkte. De zweetband was ongeëvenaard, dat kon ik niet ontkennen. Een plus. Ik herinnerde me de melodie ineens, uit mijn vroege, vroege jeugd, en realiseerde me dat ik in al mijn fonetisch Engelse onschuld nooit geweten had dat ik huppeldansjes had gemaakt op een zweterig liedje over seks. Zelfs Olivia, de voorkant van de hoes sierend, glansde van het zweet. Ze was mooi zo, maar ik voelde me toch een beetje vies en gebruikt door me al die jaren niet van de perverse ondertoon bewust te zijn geweest. Ik zou hem thuis moeten beluisteren om te horen in welke mate ik precies sinds mijn vroege jeugd genaaid was. Ik had alleen geen platenspeler. Nooit gemist ook, tot nu. Tot een nieuw cadeautje van Dimitri.

Ik vertelde hem dat ik niet het materiaal had om de plaat en Olivia Newton-John tot hun recht te doen komen.

'Nou ja, dat is misschien iets voor de volgende keer,' zei hij. 'Tot die tijd hou je hem maar alleen voor de sier.'

Dimitri brengt iedere week een cadeautje voor me mee. Ik heb zo bijvoorbeeld al een plant van hem gekregen, een glazen eenhoorn, een blocnote, één walkietalkie, slippers, een rolletje Wilhelmina-pepermunt, een schilderijtje met geiten in een wei en nu dus een plaat van Olivia Newton-John. Hij heeft nooit verteld waarom hij dat nou precies doet, maar aangezien we respectievelijk jongen en meisje zijn, is het niet moeilijk om een wilde gok te doen: hij wil mijn telefoonnummer, en mij – op zijn oude overhemd na naakt – aan zijn aanrecht, bezig met het maken van pannenkoekbeslag voor een stevig ontbijt, al mijn ledematen pijnlijk en nakloppend van een wilde nacht. Hij wil mij misschien zelfs op vaste basis achter zijn fornuis. En als moeder van zijn kinderen.

Ik weiger daaraan mee te werken. Het is een leuke jongen, ik hou van pepermunt, van Olivia's repertoire uit de tachtiger jaren, en ik voelde me gevleid dat hij de slippers ruim drie maten te klein had gekocht, maar ik laat me niet inpakken door een plaatselijke apotheker-in-opleiding. Ik heb andere plannen. Als ik nu zou toegeven, als ik zijn hand zou pakken om er een kusje op te drukken en hem mijn telefoonnummer zou toestoppen om hem te bedanken voor de plaat, zou ik door hem meegezogen worden. Dan zou ik nooit meer uit deze blinde plek op de wereldkaart wegkomen. Hij mag dan apotheker willen worden, ik wil hier weg.

Ik wil ergens heen waar je aanwezigheid ertoe doet. Ik wil naar Tokio, Parijs, New York, desnoods naar Londen. Ik wil onmisbaar deel uitmaken van een metropool, van een kloppend hart van deze wereld. Nooit meer in de krant lezen over gouden bruiloften of praalwagens, nooit meer met de bus. Ik wil verweesd naar buiten starend in de metro zitten, feestjes afgaan in penthouses waar cocaïne door de koffie geroerd wordt, als naakte muze dienen voor gecompliceerde kunstenaar-filosofen. Legendarisch sterven. Die aspiraties gaan al moeilijk samen met *Integraal Personeelsmanagement*, maar kunnen onmogelijk gecombineerd worden met een lokale farmaciestudent.

Ik twijfel er niet aan dat hij mij binnenkort een keer mijn telefoonnummer wil afdwingen. Ieder cadeautje dat ik van hem krijg is weer het leukste cadeautje dat ik ooit gekregen heb, en ik kan me niet voorstellen dat hij dat alleen maar doet om mij te bedanken voor mijn wilde haardos of innemende glimlach. Ik wil niet ondankbaar lijken, maar hij en Olivia mogen niet in de weg staan van mijn toekomstige leven. Ik weet niet zo goed hoe ik hem dat moet vertellen.

Dimitri kwebbelde een tijdje over hoe hij had gelezen dat als men vrouwen vraagt een fiets te tekenen, ze iets krabbelen dat met geen mogelijkheid bereden zou kunnen worden, en dat mannen in zo'n geval direct rekening houden met de functionaliteit van het getekende. Dat hij daar verder niks mee bedoelde, maar dat het wel frappant was.

Ik hield mijn hart vast. De brug tussen sekseverschillen bij het tekenen van een fiets en het vragen van iemands telefoonnummer lijkt groter dan die in werkelijkheid is.

Plotseling stond hij op. 'Tot de volgende keer. Zeg Olivia

dat het wennen aan een leven zonder haar me zwaar zal vallen.'

Ik keek verbaasd om me heen. We waren blijkbaar al bij Dimitri's halte. Een ontroerend verzoek was het. Ik verzekerde hem dat ik haar alle liefde zou geven die ze nodig had en zei hem gedag. Hij hees zijn rugzak weer op zijn rug – iets te hoog, zoals altijd – en sjokte zonder omkijken de bus uit. Ik bevrijdde de plaat uit de verstikkende greep waarin ik hem had gehad, en bekeek en streelde de hoes. Hij had me een plaat gegeven van Olivia Newton-John. Rare jongen.

3

'Hans,' zei moeder altijd tegen me, 'als je de ware tegenkomt, zul je dat diep in je hartje weten.' En dat is zo. Wat zou moeder van hem gevonden hebben? Hij heeft mooi haar. Heel erg blond, en altijd in piekjes omhoog. Ik weet hoe de piekjes horen te staan. Soms zit er eentje een beetje gek naar voren of naar achteren geknakt. Ik zou die dan wel goed willen doen, maar dat mag niet van hem, denk ik. Ik heb het nooit gevraagd. Ik heb hem wel heel veel andere dingen gevraagd, maar hij zegt niks terug. Nooit. Ik vraag bijvoorbeeld best vaak hoe hij heet.

Hij leest altijd. Dikke boeken. Ik denk dat hij soms maar doet alsof hij leest, zodat hij niks hoeft te zeggen tegen mij. Als hij het me zou vragen, zou ik zijn haar voor hem doen. Ik weet hoe de piekjes horen te zitten. Allemaal. Ik zou achter hem gaan staan, een kwakje gel nemen, en dan zijn zachte haar met mijn gelhanden de lucht in helpen. Ik zou het mooi kunnen. Hopelijk vraagt hij het me een keertje. Ik denk dat dat nog wel eventjes duurt. Hij moet me eerst maar zeggen hoe hij eigenlijk heet.

Moeder zou hem net zo leuk gevonden hebben als ik. Hij is best veel jonger dan ik. Hij heeft werk. Iedere dag loopt hij, nadat hij is uitgestapt, naar een groot kantoor. Zeven minuten lopen, meestal. Ik weet nog niet precies wat hij daar doet. Hij heeft geen pak aan, maar ik denk toch wel dat het iets belangrijks is. Dat komt door zijn houding. Een belangrijke houding heeft hij. Ik heb die niet. Ik ben een beetje dik, daar komt het misschien door. Ik ben altijd een beetje dik geweest, maar moeder vond dat lief.

'Hans,' vroeg ze me altijd, 'wie is mijn lieve, kleine, dikke flubbertje?'

'Ik,' antwoordde ik dan. Want ik was haar lieve, kleine, dikke flubbertje.

Dat is al een tijdje niet meer zo. Ik ben nu groot, en moeder is er al bijna zevenentwintig jaar en vijf maanden niet meer. Maar ik ben wel nog altijd een beetje dik.

Ik zou zo graag willen dat hij iets terugzegt. Dat als ik hem zeg dat hij mijn allerlievelingst is, dat mijn dag altijd ineens minder leuk is als hij zijn kantoor binnenloopt, en dat ik alleen voor hem iedere ochtend met de bus ga, dat hij dan zegt dat hij dat ook allemaal vindt. Van mij. Dat hij dan mijn hand pakt en me meeneemt naar zijn kantoor. Me kantoordingen laat zien, zoals kopieerapparaten en vrouwen in pak. Dat hij mijn gezicht aanraakt met het zijne en ik met mijn handen over zijn piekhaar mag strijken. Dat dat een beetje kriebelt aan mijn vingers.

Ik zou hem het graf van moeder laten zien. Ik zou hem van iedere bloem die ik wist de naam zeggen, en van iedere soort een blaadje voor hem afplukken. Ik zou vertellen over dat ik het stenen kuikentje zomaar ergens op straat tegenkwam, over het plastic zakje met brieven die nog voor haar zijn nagekomen, over de botjes van Sipie, mijn poes. Er liggen een heleboel dingen op moeders graf, maar tegen de tijd dat we weer naar huis zouden gaan, zijn huis, zou hij van alles weten waar het vandaan kwam. Misschien zou hij zelf ook nog wel iets weten om erop te leggen.

Ik loop altijd door naar de eendjes. Ze wachten daar op me, in het park. Als ik aankom kwaken ze meteen. Ze houden er pas mee op als ik op het bankje ben gaan zitten en mijn brood in stukjes voor ze scheur.

Eerst ging ik alleen naar het park omdat ik iets moest doen tot hij uit zijn werk kwam. En vanaf het bankje waar ik altijd zit, kun je de deuren zien van zijn kantoor. Open en dicht schuiven ze, de hele dag. Iedere keer hoop ik dat hij naar buiten komt, maar dat gebeurt niet zo vaak. Eén keer per dag, misschien. Hij heeft het denk ik ook te druk. Maar toen ik daar dan zo in mijn eentje zat, de eerste paar dagen, kwamen de eendjes zo een beetje naast en voor me zitten.

Ik was eerst heel bang voor ze, maar dat is over. Ze doen me niks en zijn best gezellig. Ik klets wat tegen ze. Ze kwaken terug. Ze volgen me door het park als ik een eindje ga wandelen. En ze doen wat ik zeg. Ik leg dan mijn broodkorstjes in de vorm van een vierkant of een acht of een rondje neer. Ze stellen zich op in een rijtje en wandelen één voor één het vormpje af. Het duurt even voordat ze het doorhebben, want eendjes zijn niet zo slim als mensen. Maar het lukt ze, na een paar uur. Zo leer ik ze iets. Ik leer de eendjes iets.

Er stond een mevrouw met zwart haar op de voorkant van zijn boek geschilderd. Ik vroeg hem of zijn boek leuk was. Mijn stem klonk een beetje gek.

Hij deed zijn ogen even dicht en zuchtte. Uit zijn glanzende bruine schoenen leek het te komen, die zucht. ‘Nee. Leuk is anders. Iets relatiefs, ook.’

Hij zei wat terug. De eerste keer dat hij wat terugzei. En iets moois, ook nog. Ik begreep het niet, maar het was zo mooi. Mijn hele lijf kriebelde en er leek iets te ontploffen in mijn hoofd. Hij had een hele mooie stem. Een belangrijke stem. Ik moest meer zeggen.

‘Ik hou ook van lezen,’ zei ik. Ik was er niet heel tevreden mee, want het was gelogen, en liegen hoort niet. Maar moeder zei altijd ‘wie liegt is bang’, en ik was ook bang. Dus ik hoefde me nergens schuldig over te voelen.

Hij keek me aan, met zijn ene wenkbrauw wat hoger dan de andere. Ik werd een beetje naar vanbinnen.

‘Ja.’

Het was een raar soort ‘ja’, want hij zei het heel zachtjes en ademde ondertussen in. Het was ook best een raar antwoord, trouwens.

Hij keek weer naar zijn boek. Ik wist een tijdje niet meer wat ik nog kon zeggen. Dat maakte me zenuwachtig, want ik wou hem nog zoveel vragen. Dingen waar hij niet alleen maar ja of nee op kon zeggen. Goede vragen. Ik kan die meestal niet zo snel bedenken. De mevrouw lag nu met haar gezicht op zijn benen.

‘Hoe heet je boek?’

Hij keek niet op. ‘Annakernina,’ zei hij.

Ik moest lachen. Iets te lang en te hard eigenlijk, en daar schaamde ik me een beetje voor. Maar het was dan ook wel een gekke naam. Mijn schaterlach ging over in een hoestje. ‘Wat gek.’

Hij keek ineens heel tevreden. ‘Ze pleegt zelfmoord op het einde. Springt voor een trein. Helemaal uiteengereten, wordt ze. Morsdood.’

Zelfmorsdood. Het voelde een beetje alsof ik ergens vanaf viel. Ik begreep niet waarom hij dat nou zei. Ik had niets gevraagd, en ik wilde niet dat hij over dat soort dingen praatte. Daar mag je het niet over hebben. Je mag er niet eens over nadenken. Sommige mensen gaan daar heel erg dood aan, en andere mensen blijven er in hun eentje door achter. Helemaal niks leuks.

Ik begon te trillen en staarde naar opgedroogde grijze druppels op het raam. Ik hoorde hem grinniken. Een jongetje aan de andere kant van het gangpad gaf over in een tas. Het rook vies, en zijn gezicht was zo wit dat ik dacht dat ik misschien wel door hem heen zou kunnen kijken. Dat was niet zo. Hij stapte snel uit.

Ik had ook wel uit willen stappen. Ik had ook wel in een zak willen overgeven, maar in de enige zak die ik bij me had zat brood voor de eendjes. Dat zou zonde zijn.

Hij was weer aan het lezen. Zijn haar was nog even mooi als altijd, maar ik kon er niet goed meer naar kijken. Hij had me alleen gelaten. Elke dag was ik om half zeven opgestaan, voor hem. Vijf strippen heen en vijf strippen terug, elke dag. Ik had zo lang op hem gewacht, tot hij zijn kantoor uit zou komen, tot hij me zijn naam zou zeggen. Tot hij mijn hand zou pakken en ik nooit meer naar mijn eigen huis zou hoeven gaan. Waar ze niet zo kunnen koken als moeder kon en waar iedereen mij vergeet omdat andere mensen gekker zijn dan ik. Ik hoefde daar niet meer heen, als hij eenmaal zou. Maar hij zou niks. Hij had me ook alleen gelaten.

4

Ehm. Boodschappen doen (Wat? Wát?), Nilgün ophalen uit school (géén vriendinnetjes mee), lunch met Agaath (Vragen hoe het met haar schoonzus is! Of kampt haar zus nou met endeldarmkanker? Schoonmoeder? Alvleesklierkanker?), afspraken maken met Du Pont, Van Der Hmhmhm en hoe heet ze. Francine? Iets met Fran. Françoise? Françoise. Wilbert bellen dat ik vandaag geen tijd voor hem heb, Liga's, wc-papier en fags kopen (misschien iets met satéburgers vanavond?), rapport over Kevin afmaken (Ernestine even over bellen), lunch met Agaath, naar de Hema voor nieuwe sokken voor iedereen, kijken voor winterjas ergens, bila met Mboutou om half twee, in bad vanavond, en ook nieuw badschuim bij de Hema. Die ene die ik voor deze had. Als ze die nog hebben.

5

Ze loerde naar me. Kattenogen. Er leek een vuur in te smeulen, van achter die zwart kanten voile. Ik voelde hoe haar blik in mijn ziel priemde. Hoe hij met de zwierige nonchalance van Jamie Oliver zout strooide in alle rottende wonden die mijn geweten rijk was. Ik concentreerde me op het diepe rode litteken op het achterhoofd van de man voor me. Het leek op een schacht, op een pas uitgegraven greppel waarvan de eigenaar zich misschien helemaal niet bewust was. Waarom zou hij ervan weten, als hij het niet kon zien?

Ik veegde wat kruimelige viezigheid van mijn mouw. Kruimelige viezigheid hoort niet thuis op de mouwen van scherpgesneden maatpakken. Scherpgesneden maatpakken horen niet thuis in streekbussen. In dit geval breekt nood wet.

Ik verstevigde mijn grip op het koffertje door mijn handen als weerhaken om de rand te klemmen. Mijn knokkels trokken wit weg, maar ik gunde mezelf geen moment om de kramp uit mijn vingers te strekken. Als ik er de controle over zou verliezen, zou ik hem direct kwijt zijn. Daar zou zij wel voor zorgen.

Ik liet mijn blik voorzichtig over de andere kant van de bus glijden en probeerde hem daarbij duidelijk niet bij haar te laten hangen. Het was moeilijk. De witte stipjes op haar zwarte mantelpak haalden hypnotiserende trucjes uit om mijn aandacht vast te houden. Ze glimlachte. Bloedrode lippen stelden me voor aan een partij blinkend witte tanden. Als in het gareel van een communistische parade stonden ze opgesteld. Ze legde haar ene been lichtjes over het andere, wreef ze langzaam tegen elkaar.

Die benen. Ik had er mijn moeder voor verraden als ik vakkundig maar nonchalant de enkelbandjes van haar stilettohakken los had mogen maken, om daarna met mijn volle gewicht vanaf haar knie van die lange, zachte benen af te mogen glijden. Als ze me dan, als ik bij het einde was aanbeland, met een wipje van haar voet een zetje zou geven.

Haar hand streelde haar benen. Rode nagels gleden over haar honingkleurige huid. Ik rilde. Ze had me door en buitte mijn zwakte uit. Met een ruk richtte ik me weer op de greppel voor me. Maar die benen. Mijn god. Die benen.

Het was een meesterlijke operatie geweest. Zo eentje waarvan een mens oprecht plezier krijgt in zijn werk. Ik begrijp niet hoe je dierenarts of staalwerker kunt zijn, en tegelijkertijd in staat bent om te genieten van het leven. Ik heb op dagelijkse basis angstzweet nodig, trillende handen en kloppende aderen. Ledematen verdoofd door de adrenaline, die toch met schitterende precisie een opdracht succesvol afronden.

Niet alles was volmaakt verlopen, maar al met al was de uitkomst heel bevredigend. De enige complicatie had plaatsgevonden vlak nadat ik was binnengedrongen. De kabel waaraan ik me vanaf de glazen koepel op het dak naar beneden had laten zakken was te kort. Achteraf ook wel te verwachten, want als je bevoorraad wordt door de Russen is er altijd wel íets wat niet in orde is. Ik moest me naar beneden laten vallen en de kabel laten hangen. Niet best, want met een bungelende kabel zou ik veel minder tijd hebben voordat mijn entree, en daarmee mijn opdrachtgever en mijn missie, ontdekt werden. Bovendien had ik mijn enkel verzwikt.

De rest van de operatie ging zoals gepland. De blauwdruk van het gebouw had ik in mijn hoofd geprent en die bleek te kloppen, de kluis was met een enkele druk op de knop gekraakt. Met een minzame hoofdknik naar de portier en de geheime rapporten veilig in mijn koffer kon ik door de hoofdingang weer naar buiten.

Het was makkelijk geweest. Te makkelijk, natuurlijk. Nu was zij op me af gestuurd, om hun rechtmatig eigendom op te eisen en mij uit te schakelen. Zo eenvoudig zal ik het ze niet maken. Als ze denken dat ik niet opgewassen ben tegen een paar goddelijke benen, hebben ze duidelijk nooit eerder met mij te maken gehad.

Met een schok kwam de bus tot stilstand. De op een na laatste halte. Plotseling zat ze naast me, met een koffer op haar schoot, identiek aan de mijne. Ze keek me niet aan, maar knoopte het jasje van haar mantelpakje open en haalde een sigaret en een aansteker uit haar rechterbinnenzak. De stof van haar bloesje spande om haar borstpartij. Ze had het koud en had duidelijk geen beha aan.

Ik knoopte het bovenste knoopje van mijn eigen bloes los om wat meer lucht te krijgen en kneep mezelf even in mijn klamme handen. Concentreren. Langzaam schoof ze de sigaret tussen haar lippen. Het roestige wieltje van haar aansteker schraapte, en het vonkte twee keer voordat de vlam omhoogschoot. Opkringelende rook en haar voile konden het vuur in haar ogen niet doven.

'U hebt iets in uw bezit wat ik bijzonder graag zou willen hebben, *monsieur Mann.*'

Een Frans accent. Ik had het moeten weten. De Fransen azen natuurlijk ook op dit soort gevoelige informatie. Niets laten blijken. Ontzettend geil trouwens, mooie vrouwen met een Frans accent.

'U kent mijn naam?'

'Meneer Mann, na wat u hebt klaargespeeld kent iedere afdeling in Europa uw naam. De informatie die u bij u draagt zal de verhoudingen zoals die na de Koude Oorlog zijn hersteld, ernstige schade aandoen, mocht deze uitlekken. U dacht toch niet dat u daar ongemerkt mee weg zou kunnen huppelen, wel?' Ze nam een trekje en keek strak voor zich uit.

Ik schoof dichter tegen haar aan. Ze rook zoals ik had gedacht dat ze zou ruiken. Niet naar Gauloises, maar naar Chanel. 'Wat stelt u voor?'

Ze draaide haar gezicht naar me toe. Onze lippen werden door nog geen tien centimeter van elkaar gescheiden. 'Ik wil met u van koffer ruilen.'

Ik trok mijn wenkbrauw een eindje op, zelfverzekerd maar charmant. 'Waarom zou ik dat doen? Rusland zit met smart te wachten op mijn komst. Mijn komst en die van mijn koffertje.'

Met een ferme klik opende ze de hare. Pakketjes van honderd euro lachten me tegemoet, tot ze hem weer sloot. 'Geld, meneer Mann. Veel geld. *Avec les compliments du gouvernement Français.*' Ze vouwde haar voile op haar hoed, lachte naar me en liet haar sigaretloze hand over de koffer glijden.

Ik leunde nog een beetje naar haar toe en keek haar zo veelbetekenend mogelijk aan. 'Ik voel me diep beledigd dat u ervan uitgaat dat ik op uw geld uit ben.'

Ze bloosde en sloeg haar ogen neer. Ze zou uit mijn hand eten, als ik haar op die manier iets aan zou bieden.

'*Ohlala, monsieur Mann, qu'est-ce que vous voulez dire?*'

Ik drukte op het stopknopje en kuste haar lang en teder. Ze sloot haar ogen en liet haar sigaret op de vloer vallen. 'Ga met me mee, het is nog vroeg. Ik heb nog de hele dag, een hemelbed, en een koud flesje champagne.'

Ze aarzelde even, maar knikte toen ik mijn hand op haar wang legde. De deuren gingen met een sisser open. Ik stond op. Het zou een goede dag worden.

6

Ik weet niet goed wat ik liever heb. Ze reageren allemaal verschillend, maar er zijn toch patronen in te herkennen. Sommigen kijken naar me zoals ze zouden kijken naar een dood hert dat zijn ingewanden naast zich heeft liggen, met een geïntrigeerd soort afgrijzen. Anderen kijken juist vol walgend medelijden, zoals naar een pluizig, mank konijntje met een rottend oog. Het lijkt op het eerste gezicht een te verwaarlozen verschil. Dat is het niet. Je moet het misschien meemaken om dat te begrijpen. De meeste mensen kijken weg. Ik zie ze, zoals daarnet toen ik de bus in stapte, elke nieuwe reiziger van mijn halte in zich opnemen en classificeren. Wie willen ze naast zich hebben? Wie stinkt? Kennen ze iemand?

Ik word niet geclassificeerd. Als ik instap, kijken ze weg. Plotseling zijn ze weer geboeid door het boek dat ze aan het lezen waren, door het fascinerende weidelandschap buiten, door de slaap. Die laatste vind ik eigenlijk de oprechtste reactie. Mensen die hun ogen dichtdoen als ze me zien. Het is pijnlijk, maar wel eerlijk. En dat is ook best wat waard.

Het zit zo: ik ben heel, heel erg lelijk. Ik zeg het maar gewoon, want zo is het. Ik kijk vaak naar mezelf, in iedere spiegel die ik tegenkom, in winkelruiten, in de ramen van de bus, en ik kan tot geen andere conclusie komen. Toch kan ik uren doorbrengen met alleen maar naar mezelf kijken. Ik bestudeer de onnatuurlijke lijnen van mijn gezicht, teken met mijn vinger de stukjes die missen erbij. Mijn neus, ik had een hele mooie neus. Er zijn maar weinig mensen die terug kunnen vallen op een welgevormde neus, maar ik had er eentje. Bescheiden, symmetrisch, vrolijk. Een waar sieraad voor mijn gezicht.

Nu doet hij nog het meest denken aan een uitgerookte krater. Mijn wang en mijn kin, de huid rond mijn linkeroog, er is niet meer van over dan wat schilferig weefsel. Het is geen feestje om naar te kijken, maar desondanks doe ik het graag. Hoe langer ik kijk, hoe sterker de herinnering aan hoe fantastisch ik eruit heb gezien. Het is kapot. Mijn gezicht is kapotgemaakt.

Niks ging zoals ik het gepland had, maar aan dat idee heb ik kunnen wennen. Misschien had ik het plan wat beter uit moeten werken, wat beslissingen moeten heroverwegen, maar ik denk daar achteraf maar liever niet aan. De sprong, bijvoorbeeld, was niet heel goed uitgedacht. Ik heb nooit de beste ideeën op dinsdagavond. Maar er moest iets gebeuren. Hij zou, als ik niet tot actie was overgegaan, mij zonder twijfel hebben verlaten. Hij zou die slettende boerin diezelfde dinsdagavond nog genomen hebben, in plaats van mij.

Ik heb haar die dag gezien. Plastic schoenen had ze aan en er hing een zware, giftige wolk van zweet en goedkope parfumdeodorant om haar heen. Dat hij vreemdging was niet mijn grootste probleem. Dat het met iemand met plastic schoenen en parfumdeo moest zijn, dat was het ondraaglijkste aan de hele situatie. En dat hij er met haar vandoor zou gaan. Weg bij mij.

Ik kon de wanhoop proeven, achter in mijn mond. Ik proef het soms nog steeds, als ik denk aan hoe zijn koffers en dozen in de gang opgestapeld stonden. Hij was de enige die ik ooit aan mijn familie heb voorgesteld. Hij had fantastische genen, die we samen door zouden geven aan de volgende generatie. Onze volgende generatie. We waren ons huis nog aan het afbetalen. We zouden geiten en konijnen nemen, en een open haard laten inbouwen.

Ik kon hem niet zomaar laten gaan, mij achterlatend met schulden, een hypotheek en dromen over boerderijdieren. Er moest iets gebeuren. Dus sprong ik van een brug af. Ik sprong in een rivier. Geen daad met langetermijnvisie, daar ben ik me van bewust. Maar hij zou voor me moeten zorgen zolang ik nog aan het revalideren was. In de loop van dat proces zou hij weer van me gaan houden. Zich realiseren dat ik naar bloemetjes, appeltjes en verse caramel ruik, en zij naar poep, zwavel en doodgeknuppelde zeehondjes. Misschien zou ik wel verlamd raken. Dan zou hij me tot mijn dood rondrijden in een rolstoel, me voeren. Zo was het allemaal gepland.

Het houdt me bezig. Ik beschrijf hun reacties in een ringband. Datum, tijdstip, halte.

De jongen met helblond haar en buitenproportioneel grote oren doet meestal alsof ik er niet ben. De enige erkenning van mijn bestaan die ik van hem mag verwachten, is dat zelfs als het druk is, de bus zo vol is dat een onvoorbereid mens het zonder enige twijfel zou verliezen van de drukkende lucht van lichamen, haargel en – op onverklaarbare wijze altijd – bloemkool, hij zijn tas pas van de stoel naast hem oplicht als ik al voorbijgelopen ben.

De simpele vetzak die al jaren iedere dag tegenover hem zit staart me juist altijd aan als ik voorbijloop. Ik denk niet dat ik daar meer achter hoef te zoeken. Hij kijkt gewoon omdat ik bizar ben. Een circusnummer.

Van de afgelopen drie jaar heb ik het iedere dag bijgehouden. Interesse, ontzetting, ontkenning. De jongen met de krokodillenleren laarzen, de scholieren van de reformatorische scholengemeenschap, de vader met zijn dochter, die altijd naast hem zit maar liever ergens anders zou willen zijn. Ze staan allemaal genoteerd.

Het deed afgrijselijk veel pijn. Alsof mijn gehele lichaam in één klap volledig ontveld werd. Nee, iets ergers. Iets onbeschrijfelijkers. Het eerste wat ik me daarna kan herinneren, is de weinig subtiele greep van een in het water gesprongen voorbijganger. Hij brulde iets, ik weet niet meer wat. Hij sleepte me naar de kant, ik zag een vrouw en wat kinderen, een hond. Madeliefjes in het gras. Alles deed pijn. Ik vroeg me sterk af of verlamming wel zo voelde. Maar met enkele stevige botbreuken zou ik ook genoegen nemen.

Ik werd neergelegd op de zompige grond, de vrouw riep dat ze 112 zou bellen. Ze keek een beetje boos naar me, maar ik kon uit haar toon afleiden dat ze het spannend vond. Dat ze nooit eerder naar de alarmlijn gebeld had. Ik nam me voor me niet te bewegen tot de ambulance zou arriveren. Ik wilde nog niet weten wat de schade was, wat ik mezelf had aangedaan. Het moest een verrassing blijven.

De kinderen huilden, allemaal tegelijk en hard. De man streek over mijn natte haar, terwijl zijn vrouw met de telefoon nog in haar hand naast me stond en naar me staarde. Ze murmelde wat meelevende verwijten tot ze de sirene hoorde. Toen brulden alleen de kinderen nog.

'U hebt geluk gehad, mevrouw,' zei de ambulancebroeder nog, toen ze me op de brancard hesen en vastgespten. Ik hoorde ze tegen elkaar murmelen dat mijn sleutelbeen gebroken was. Ik hoorde ze tegen elkaar murmelen dat ze niet begrepen waarom in godsnaam mijn rugwervels niet tot moes geslagen waren na een val van een brug. Of ik soms Elasti-Girl was, waarna ze het even over het *Justice Squadron* en de *Doom Patrol* hadden, en hoezeer ze dat soort dingen misten en dat ze me nu op gingen tillen, voorzichtig, één, twee, drie.

Ik kon wel janken. Er was niks mis met me. Ik was blijkbaar Elasti-Girl. Ik kon alles hebben. Ik boog zelfs mee als er iets pijnlijks met me gebeurde. Een superheldin. Niemand zou ooit voor me hoeven zorgen. Het was allemaal voor niets geweest, en de pijn van de zekerheid dat hij me nu echt zou verlaten deed helemaal niets om de pijn van mijn sleutelbeen te verlichten. De broeders droegen me stap voor stap naar de ambulance en openden de deur. Ik snifte. Misschien zou hij wel al weg zijn als ik uit het ziekenhuis kwam. Dat was niet het plan geweest.

Op dat moment miste een voorbijrijdende auto het feit dat de weg deels versperd was door een afzetting en de ambulance. Ik weet niet waarom. Een anticiperende weggebruiker ziet dat soort dingen, zou je zeggen. De meneer in deze auto was geen anticiperende weggebruiker. Met verbazingwekkende snelheid knalde hij met zijn gezins-Ford op de ambulance, op de broeders en op mij. De brancard sloeg om, mijn gezicht schoof over de hete motorkap heen, al schavend langs de scherven van de voorruit, die de brancard kapot had geslagen, hups, naar binnen, de auto in.

De bestuurder was een slanke meneer met een volle bos haar, kinderstoeltjes op de achterbank en te veel inwendige bloedingen om de klap te overleven. De ambulancebroeders waren allebei op slag dood. Bij mij bleek alleen mijn gezicht verwoest. Geen coma, geen verlammingen. Niks. Ik had weer eens geluk gehad.

Hij was niet te bereiken, zei de zuster. Hij nam de huistelefoon niet op en hij was nooit iemand geweest om mobiele telefoons serieus te nemen. Dat was ook een misrekening. Om het dramatisch effect te vergroten, had ik hem van tevoren niet op de hoogte gesteld van mijn plannen met de brug. Ik had bedacht dat het als een klap moest komen. Dat de dokter hem zou bellen, naar zijn naam zou vragen en hem op een doodgraverstoon zou vertellen dat er iets vreselijks gebeurd was, iets afschuwelijks, maar dat ik er goed vanaf was gekomen. Dat ik nog in leven was, maar dat iemand wel de rest van mijn leven voor me zou moeten zorgen. Me geprakte banaan zou moeten voeren, dat soort dingen.

Ik had bedacht dat hij geschokt de hoorn van de telefoon op de grond zou laten kletteren, de pannen op het fornuis en het schort om zijn middel zou vergeten, en dat hij naar het ziekenhuis zou komen rennen. Dat hij in zijn haast om naar me toe te komen zou vergeten de voordeur dicht te doen. Maar hij was niet thuis. Ze had het wel drie keer geprobeerd, zei de zuster. Hij moest al vertrokken zijn.

Het deed pijn, maar ik troostte me met de gedachte dat ik het hem niet aan wilde doen om met mijn gezicht over straat te moeten. Dat verdiende hij niet, een levensgezel met een lelijk gezicht. Dan toch liever iemand met plastic schoenen. En parfumdeodorant.

Ik keek in het raam terwijl ik even langs de verharde huid rond mijn neus streek. Ramen in het openbaar vervoer zijn nog iets minder flatteus dan die van winkels, auto's of woonhuizen. Donkere plekken worden er extra in uitgelicht. Mijn map kon dicht, zo nog drie haltes van het eindpunt verwijderd.

Vanuit voor in de bus steeg een gekreun op dat uit iemands tenen leek te komen. De immer Beatles-liedjes neuriënde dikkerd hees zich op uit haar bankje en slofte naar achteren. Naar mij toe. Met een diepe zucht plofte ze naast me neer. De walrus was naast me gaan zitten. Iemand was naast me gaan zitten. Dat moest genoteerd worden.

7

De eerste keer dat ik haar zag, schrok ik me dood. Dat moet nu al minstens twee jaar geleden zijn, want ze zat al in de bus toen ik voor het eerst instapte. Ik kreeg het ijskoud van haar, en nog steeds komt de gelijkenis iedere week weer even hard en onverwachts aan als een schop van een stier met een feestmuts. De donkere, ongetemde haren, de licht uitgerekte kaaklijn, hoe ze aan haar oor frummelt: het is allemaal tot in detail de stijl van Sientje. Het zou de stijl van Sientje geweest zijn. Nu is het de stijl van Floks, want zo zei ze later dat ze heette.

Het heeft even geduurd voordat ik daar achter durfde te komen, want ik dacht niet voor mezelf in te kunnen staan als ik een luchtig kletsje met haar zou aanknopen. Ik zou de verkeerde dingen zeggen. Vragen of ze zich nog kon herinneren hoe Sientje en ik vroeger met elkaar vochten alsof ons lot ervan afhing, bijvoorbeeld. Of dat ik haar altijd liet opdraaien voor het verzorgen van Jan Douwe Kroeske, ons konijn, omdat ik afgrijselijk bang voor hem was. (Dat klinkt misschien raar, aangezien zij drie jaar jonger was dan ik en het hier een konijn betrof. Maar ik zweer dat het beest bezeten was door iets duisters.)

Misschien zou ik haar ook wel helemaal niks te zeggen hebben. Ik weet dat Sientje het zich herinnerd zou hebben, dus waarom zou ik daarover willen beginnen? Tegen iemand die nergens van afwist, iemand die ongetwijfeld zou denken dat ik zingend uit een open inrichting was weg gehuppeld.

Praten met Floks bleek uiteindelijk niet zo funest voor mijn waardigheid als ik me had voorgesteld. Naast haar zitten was na ruim een jaar de eerste stap die ik zette, en hoewel haar geur – exact zoals die van Sientje – nog twee weken lang door mijn neus leek rond te waren, kon ik mezelf vrij goed in bedwang houden. Ze vond het ook niet erg, geloof ik, toen ik besloot iets tegen haar te zeggen. Ik kan me niet herinneren wat het was, iets triviaals, ongetwijfeld.

Later heeft ze me eens verteld hoe tergend ze het vindt als wildvreemden naast haar plaatsnemen om een gesprekje te beginnen. Ze neemt het mij blijkbaar niet kwalijk, want toen ik haar daar vervolgens mijn excuses voor aanbood, zei ze dat ik niet telde. Naast haar naam vertelde ze dat ze voor personeelsmangement studeerde, maar verder ben ik nooit veel over haar te weten gekomen. Ik kan ook niet echt iets bedenken wat kenmerkend is voor Floks. De manier waarop ze altijd straalt, misschien, iets minder hevig dan Sien, maar toch zeker niet te verwaarlozen. Daarnaast mag ook gezegd worden dat ze bij vlagen wat onhandig is, als ze zich weer met een overmaatse tas door het gangpad van de bus wurmt en gedurende die worsteling diverse medereizigers stijlvol onbewust in hun gezicht of ribbenkas beukt.

Ik plofte in de stoel naast haar neer. Ze had een nieuwe jas aan die haar een beetje plomp maakte, maar de verwachtingsvolle glans in haar ogen maakte een hoop goed.

Ze sloeg het boek op haar schoot met een ferme klap dicht en wees op de tas die ik zo nonchalant mogelijk bij me had gedragen. Ze kon zich blijkbaar niet meer inhouden. 'Wat zit daarin? Is dat voor mij? Het is voor mij, hè?'

Ik deed nog een bescheiden poging om mysterieus te doen, maar ik wilde te graag dat ze mijn nieuwe cadeautje zou zien.

Het was het perfecte cadeau voor haar. Iedereen zou het kunnen waarderen, maar voor haar leek het gemaakt. Dat wist ik zeker.

Ze piepte en klapte in haar handen van enthousiasme, als iemand die voor het eerst een succesvol bezoek aan het potje heeft gebracht. Ik leverde het pakketje aan haar uit.

Ze tastte eerst de tas zelf af en gluurde voorzichtig naar binnen. *'Let's Get Physical?'* Ze keek me meewarig aan en viste de plaat uit het tasje. 'Weinig subtiel, vind je niet? Maar bedankt, hoor.'

Ik wist best dat ik mijn keuze eigenlijk niet hoefde te verdedigen, maar deed toch even mijn best. Ze miste de *pointe* van mijn presentje. 'Zeg. Het is een prachtlied, hoor. En kijk nou.' Ze knikte gedwee toen ik haar op de zweetband wees. 'Een zweetband. Hoe vaak zie je die nou?'

'Olivia glanst ook mooi van al dat zweet.'

'Daarom.'

Ze had alleen geen platenspeler. Ik maakte er een mentale notitie van. Aan de muur zou de hoes ook niet misstaan, maar ik wilde haar niet iets geven waar ze niet optimaal van zou kunnen genieten. Misschien voor een volgende keer.

Ik keek naar haar terwijl ze met haar vingers over de hoes streek. Ze draaide hem om, las de achterkant, wees me boosaardig grinnikend iets aan. De jaren '80 belachelijk maken is een garantie voor minstens een halfuur pret. Floks bleek er aanleg voor te hebben.

Sientje zou het waarschijnlijk met dezelfde verve kunnen. Bijvoorbeeld met betrekking tot de haardracht die ik mijzelf in het begin van 1989 had aangemeten, of over de volledig gezichtsverhullende zonnebrillen die mama altijd droeg.

Toen ze doodging had de wereld zich nog niet zo ver van getoupeerde kuiven gedistantieerd dat we er al met brullende uithalen om konden lachen. Bovendien waren we nog wat klein. Ze was zo klein nog. Je bent natuurlijk nooit te klein om dood te gaan, maar krap twaalf jaar oud is toch wel onredelijk jong. Dat zou niet moeten mogen.

Ik leuterde wat over onbenulligheden, zoals ik graag doe op de vroege ochtend. Het praten houdt me wakker, en op zo'n moment is het leven al dusdanig zwaar dat niemand zit te wachten op een verhandeling over misstanden in het huidige rechtssysteem.

Ze is het inmiddels van me gewend, want ze knikte af en toe zonder de moeite te nemen enige interesse te veinzen. Dat doet ze vaker als ik aan het kletsen sla.

Ze stopte de hoes terug in het tasje, maar faalde in haar poging om het geheel ook in haar eigen rugzak te stoppen. Het idee dat ze nu de hele dag met mijn tasje rond zou moeten lopen stond me wel aan. Uit eigen wil of niet, het verzekerde me ervan dat ze ook buiten de bus aan me moest denken. Dat ze me ook buiten de bus dankbaar zou zijn.

Ik ademde haar luchtje nog even in en stond op. 'Tot de volgende keer. Zeg Olivia dat het wennen aan een leven zonder haar me zwaar zal vallen.'

Floks leek uit haar derde remslaap wakker te schrikken, maar herstelde zich direct met een stralend lachje. 'Ontroerend. Ze zal alle liefde krijgen die ze nodig heeft. Ik zweer het. Op John Travolta's graf.'

8

'Je hoort weleens dat ook rijke mensen last hebben van slecht weer. Dat is dus niet zo.'

Ik herinnerde me het ineens weer. Hoe mijn vader dat altijd zei als we met de boot voor anker lagen in Nice of Portofino, waarna mijn moeder zich geroepen voelde zich een eindje op te richten uit haar chaise longue om schichtig, als een geslagen hond net boven haar zonnebril uitkijkend, te schaterlachen.

De haven leek me vaak te willen verblinden met haar blinken in de zon, niet zozeer door de warme reflectie van het water, als wel door de schittering van de rijen helwitte jachten en de gouden knopen op de gesteven uniformen van ons personeel. Meeuwen, als zonnegoden cirkelend boven onze hoofden, maar tegelijkertijd krijsend om ons tevergeefs bewust te maken van het tergende leed dat de wereld onverminderd blijft terroriseren.

Nee. Een beetje te pretentieus. In ieder geval te algemeen. Vooral die 'wereld'. Daar moet iets anders voor in de plaats. 'Het leed dat de ziel?' Nee. Hm. Even over denken nog. Het contrast ligt ook te veel voor de hand, eigenlijk.

Ik staarde naar het boek op mijn schoot, op zoek naar een metaforisch contrast dat beter paste bij het gevoel dat ik wilde uitdragen. Het werkte niet best. Misschien was het sowieso geen goed concept. Misschien moest ik het niet over de autobiografische boeg gooien. De beste literatuur is nooit zo ongenuanceerd autobiografisch. De schrijver hoort samen te smelten met zijn literatuur, hij hoort die niet op te eisen, alsof het de zijne is. De ware kunst behoort niemand toe. O. Dat is eigenlijk best een mooie filosofie. Ik haalde het briefje met aantekeningen tussen bladzijde 484 en 485 vandaan, viste mijn pen uit mijn jaszak en kraste wat geheugensteuntjes die ik pas daarvoor nog als in een roes had opgekrabbeld weer door. Naast 'rijke mens. geen last v sl. weer' schreef ik 'schrijver smelt samen m lit.', naast 'chaise longue' kwam 'ware kunst beh. niem. toe'.

Het is niet makkelijk, maar ik kan niet anders. Ik wíl niet anders. Dit is mijn leven. Zoals een adelaar moet vliegen, zo moet ik schrijven. Als ik niet creëer, kwijn ik weg. De kunst, het woord, ze zijn als het water dat ik drink, als de kleren die ik draag. Ik leef voor mijn kunst. Ik koester geen dromen over het huwelijk, labradors en kinderen.

Ik wil liefhebben met iedere vezel van mijn wezen, onberekenend, groots en meeslepend. Allesverterend is het codewoord. Ik wil niet vastgepind worden op één plaats. De wereld is mijn thuis en ik wil haar verkennen zoals het lichaam van een geliefde: zacht en onderzoekend, wild en onbezonnen. Kinderen wil ik alleen bij minderjarige domineesdochters en Parijse courtisanes. Maar vóór alles, voor álles, komt de kunst. De monumentale roman waaraan ik binnenkort ga beginnen.

De omstandigheden waarin ik ben grootgebracht zijn niet ideaal voor mijn kunst. De Groten hebben nooit last gehad van behoudende rijkdom in hun jeugd. De Groten hebben nooit de verstikking van een overweldigende erfenis in het verschiet gekend. De vruchtbare voedingsbodem van hun genie was armoede, dood, onderdrukkende regimes en andere vormen van verwoestende tegenslag. Iedereen weet dat die omstandigheden een mens tot grote kunstzinnige hoogten kunnen stuwen. Ik heb het daarentegen moeten doen met de onvoorwaardelijke liefde van mijn ouders, de teakhouten meubels op hun plezierjacht, met voldoende fruit, en marmer in de badkamers. Verstikkend: ja. Inspirerend: nee.

De man tegenover me mompelde wat in zichzelf. Hij leek een onhoorbaar toneelstukje op te voeren, met zichzelf als ster van de show in een variëteit aan karakterrollen. Moeiteloos en met verve zette hij achtereenvolgens een verbaasde zebra, een nerveuze moordverdachte en een blije vierjarige met een geestelijke ontwikkelingsstoornis neer. Alleen zijn starende blik was constant, op mij vastgehaakt als [hier een mooie metafoor. Iets met vogels?].

Ik kijk er niet meer van op, want dat doet hij al maanden. Zijn ongegeneerde nieuwsgierigheid fascineerde me in het begin nog, inmiddels is leuk anders. Het is niet dat ik niet in aanraking wil komen met het gewone volk of met het gespuis van de straat. Niets liever zelfs. De stinkende massa, dat is waar het echte leven zich afspeelt. Het zweet, de pus, de hoeren. Uit de rottende wonden van die wereld spuit de ware kunst omhoog. Ik wentel me daar graag in. Maar dit is anders. Deze man is gewoon niet goed bij zijn hoofd.

'Is dat een leuk boek?'

Hij praatte tegen me. Hij had al eerder tegen me gepraat en ik heb altijd gedaan alsof ik het niet hoorde. Of ik te zeer verdiept was in het monumentale meesterwerk uit de literatuurgeschiedenis dat ik vlak ervoor uit mijn tas had opgediept. Dostojevski, Miller, Murger of Wilde [misschien nog iets obscuurders tussen dat rijtje?]. Nu dus Tolstoj. Om eerlijk te zijn is *Anna Karenina* nooit mijn favoriete werk geweest, maar een boek als dit misstaat een mens niet.

Misschien was het tijd om hem antwoord te geven. Iets waar hij niet van terug zou hebben. Iets waar hij bang van zou worden.

'Nee. Leuk is anders. Iets heel relatiefs, ook.' Ja, dat was goed. Iets waar hij over na moest denken. Iets waar hij zo hard over na zou moeten denken dat zijn hoofd pijn zou doen. Dat zou hem leren.

'Ik hou ook van lezen.'

O, de hartverscheurende trivialiteit van die opmerking. Hoe dacht hij mij te kunnen verrijken met zulke informatie? Ik maakte mijn gedeponeerde zuchtgeluid, en werd weer vacuüm gezogen in *Anna Karenina*. Mijn zucht, vol dedain, gedrenkt in desinteresse, is meestal alles wat ik nodig heb om mensen ervan te overtuigen niets meer tegen me te zeggen.

Hij pruttelde en kreunde wat. Een volhouder. 'Hoe heet je boek?'

'Anna Karenina,' gaf ik toe. Er schuilt geen gevaar in het bevredigen van iemands interesse in belangrijke literatuur.

Hij keek even alsof hij me met konijnen zag jongleren, maar herstelde zich in een uitgelaten lachsalvo. Toen hij mijn gezicht zag, hoestte hij even. 'Wat gek.'

Het was een verloren zaak. Ik kon niets doen om hem te overtuigen me met rust te laten. Ik kon niets doen om hem enig respect voor de klassieken af te dwingen. Plotseling werd ik overvallen door een allesverlammende moeheid. Dat heb ik vaker als ik met dit soort mensen te maken heb. Simpele zielen. Doorgefokte lokalen. Geen idee wat er speelt buiten de grenzen van hun dorp, buiten de grenzen van het perverse schrikbewind van eenheidsworst en risicoloosheid. Het was mijn taak om hem daarmee te confronteren.

'Ze pleegt zelfmoord op het einde. Springt voor een trein. Helemaal uiteengereten, wordt ze. Morsdood.'

Punt voor mij. Hij piepte even en zijn blik stuiterde als een ongeleid projectiel door de hele bus. Kreunend begon hij heen en weer te wiegen. Ik kon een bescheiden glimlach niet onderdrukken. Aan de andere kant van het gangpad gaf een jongen over in een tas. De zware kotslucht legde een bijna zichtbare weg af voor hij mij bereikte. Ergens kon ik er wel van genieten. Dit soort mensen. Al deze mensen. Intens dankbaar was ik voor het feit dat ik hen niet was. [Nog slotzin erbij? Iets over uitzicht / weer/ vogels?]

9

Het zijn er altijd zo vreselijk veel. En ook nog van het goede soort. Het verkeerde soort gaat fietsen. Van die meisjes van twaalf die je bijna woordelijk uitnodigen om ze te bezwangeren. Glinsterende oorbelletjes, schoenen met hakken waarmee je iemands oog uit de kas zou kunnen wippen, misschien zelfs een beetje mascara op. Jongens die bezwijkend onder de groepsdruk hitsig brullen, terwijl kwakjes gel nog in hun haargrens zijn blijven hangen.

Pijn aan mijn ogen. Ze maken zichzelf belachelijk op die manier. Wie loopt er warm voor een kluitje zweterige kinderen die met My Little Pony-parfum en onbeholpen baltsdansen de schoonheid van hun jeugd proberen te verhullen? Ik niet.

Hier in de bus zitten de goede kinderen. Puur, ongeschonden. Brilletjes, beugeltjes. Misschien een beetje gel hier en daar, maar alleen om de scheiding scherp te houden. Op de kruin staan godzijdank altijd wel een paar piekjes omhoog. Als er eentje langs me loopt of naast me komt zitten, ruik ik zeep en het wasmiddel van zijn moeders keuze. In gedachten zie ik hoe zij iedere avond voor ze gaat slapen nog even naar het licht van haar leven komt kijken. Hoe ze naast hem gaat zitten, luistert naar zijn regelmatige ademhaling, vol liefde het haar uit zijn gezicht strijkt. Hoe ze een stapeltje pasgewassen en gestreken kleren voor de volgende dag voor hem neerlegt, op zijn bureau. Ik kan het ruiken aan hem. Dáár loop ik warm voor.

Meestal zoek ik een plaats naast een kind uit. Vaak komen

ze ook uit zichzelf naast mij zitten. Kinderen voelen zich veilig in mijn buurt. Ze houden van me, op het eerste gezicht, zonder vragen te stellen. Ik hou van kinderen. Pubers heb ik het liefst. Kleine kinderen zijn te onbevangen, weten niks. Bovendien word ik snel moe van ze. Maar de schreeuwende knulligheid die debuterende pubers uitstralen, die doet iets met me. Die stelt me gerust. Acne en overslaande stemmen stellen me gerust. Het is niet zo dat ik niet kan functioneren in de volwassen wereld. Integendeel, ik heb leeftijdsgenoten onder mijn beste vrienden. Ik heb een baan. Bij de belastingdienst. Ik voel me prima tussen volwassenen. Ik hoef alleen niks van ze.

Een jongetje plofte op het bankje tegenover mij neer. Geheel uit eigen beweging. Hij was bleek en trilde. Zijn bruine ribbroek was nat en modderig, de capuchon van zijn jas zat naar binnen gevouwen, waarschijnlijk door de wind. Hij knikte even naar me. Het was ongetwijfeld vriendelijk bedoeld, maar zijn blik had hetzelfde warme optimisme als die van een Russische lijfeigene. Ik lachte hem bemoedigend toe. Niemand verdient het in deze mate over te lopen van ellende.

Hij hief zijn kin een beetje op, alsof hij bang was dat er anders tranen over de rand van zijn oogkassen zouden klotsen. Het was geen schoonheid, dit ventje. Puisterig. Zweterig. Niet iemand die vrienden in rijen van vijf rond zich opgesteld heeft staan. Als ik van zijn leeftijd was geweest, zou ik misschien wel na gym met wat klasgenoten in zijn schoenen geplast hebben. Ik zou me er achteraf voor geschaamd hebben, zo was ik toen ook wel weer. Ik ben veranderd. Ik weet nu wat deze jongen nodig heeft in zijn leven.

'Je eerste dag, dit?'

Hij raakte zo mogelijk nog heviger in de stress, veegde zijn nattige handen af aan zijn nattige broek, kreeg een blos, zijn ogen schoten heen en weer. Hij produceerde een prutteltje en knikte.

'Spannend,' zei ik.

Hij probeerde naar me te glimlachen, maar in plaats dat hij daarvan opknapte, begon hij een beetje grijzig te worden rond zijn neus en slikte moeizaam.

Ik keek naar zijn borst, hoe die snel en onregelmatig op en neer ging. Dit jongetje leek oprecht, oprechter dan alle anderen. En dat terwijl hij duidelijk een lijdensweg doormaakte. Ik zou er een einde aan kunnen maken, wat het ook was dat hem parten speelde.

Plotseling keek hij geschrokken op, trok nog witter weg dan ik biologisch gezien voor mogelijk had gehouden. Ik begreep zijn reactie pas toen ze naast hem neerzakte, dat vieze, dikke wijf met haar verschoten geruite rok, vette haar en lichaamsgeur. Dit was blijkbaar zijn eerste busreis, hij had haar nog nooit meegemaakt. Ze hoestte iets op en stak van wal met haar gebruikelijke repertoire, dat uitsluitend neerkwam op 'Yellow Submarine'. God weet waarom.

Zijn hoofd maakte een paar ongecontroleerde bewegingen voordat het zich terugtrok in zijn schooltas. Ikzelf legde ook een paar vingers onder mijn neus. Als ze eenmaal was ingestapt, was ze penetrant aanwezig. Het jongetje leek volledig weg te vallen, zo vastgeklemd naast en onder haar. Haar afstotelijke voorkomen, zijn vernederde blik en houding, het was misselijkmakend en ongelooflijk opwindend tegelijkertijd. Een hongerig gevoel beet zich in mij vast. Hij haalde zijn gezicht uit zijn tas, leek volledig in zichzelf op te gaan, niks meer te zien, en piepte en pufte luidruchtig. Dit ging niet de goede kant op.

Ik legde mijn hand op zijn knie. Door zijn nog klamme broek heen voelde ik de warmte die zijn lichaam uitstraalde. Ik moest even slikken.

‘Gaat het wel?’ vroeg ik, terwijl ik voorzichtig met mijn hand over zijn been wreef.

Hij schudde met moeite zijn hoofd.

‘Zal ik vragen of we even voor je stoppen?’

Hij zei niks, maar staarde me paniekerig aan.

‘Moet je nog ver? Ik denk dat de chauffeur wel even wil stoppen, hoor, als je je niet goed voelt. Dat is helemaal niet erg. Diep adem blijven halen. Probeer recht voor je uit te kijken. Kun je recht voor je uitkijken? Kijk mij anders maar gewoon aan.’

Ik weet hoe ik met kinderen om moet gaan. Ik probeerde zijn hand te pakken, ik wílde zijn hand pakken, maar ik greep mis. Hij tastte naar de opening van de gymtas – ik zag nog net het profiel van een tennisschoen – die tussen zijn benen stond, hees hem omhoog en kotste erin. Zijn hele lijf schokte. Hij huilde. Een beetje kots landde op zijn broek. Op zijn bovenbeen.

Ik had het viswijf nooit eerder op een gezichtsuitdrukking kunnen betrappen, maar nu straalde er een uitgesproken afschuw uit de manier waarop ze haar mopsneus optrok. Ze hees zichzelf kreunend op uit de stoel en slofte naar een andere plek.

De jongen snifte. ‘Dit is mijn halte,’ zei hij, zijn iele stem bijna vermorzeld door het piepende remmen van de bus.

Als dit zijn halte was, was dit ook mijn halte. Deze kans zou ik niet aan me voorbij laten gaan. Ik stond op, pakte zijn rugzak en nam zijn klamme hand in de mijne ten teken dat ik me over hem zou ontfermen. ‘Ik loop wel even met je mee.’

Hij stond gedwee op en ging me voor de bus uit, mijn hand nu op zijn schouder. De hele scène, zijn kwetsbaarheid, het had me gek gemaakt. Ik was er klaar voor. Terwijl hij het trapje afliep duwde ik hem kort tegen me aan. De adem stokte even in mijn keel.

De bus reed door, ik zag die in de tegenovergestelde richting naderen. Zijn hand lag weer in de mijne, maar glibberde er zo nu en dan bijna uit.

'Kom,' zei ik, 'zo kun je niet naar school.' Zijn grote, waterige ogen vroegen me wat hij dan in godsnaam moest doen. We staken de straat over. 'Kom maar mee naar mijn huis. Kun je daar een beetje tot rust komen. Ik heb chocolademelk en een eindeloze hoeveelheid koekjes. En strips. Hou je van strips?'

Hij knikte. 'Maar die mag ik eigenlijk niet lezen van mijn moeder,' zei hij schor.

Ik zwaaide met mijn abonnement om de bus te stoppen. 'Je moeder hoeft er niks van af te weten.'

Dinsdag de 19e

I

Het is een ritueel. Als ik één onderdeel oversla, weet ik dat mijn dag geen succes zal worden. Dan weet ik dat mijn weg bezaaid zal zijn met platgereden duifjes of dat ik op een onbewaakt moment onder de voet gelopen zal worden door de vier ruiters van de apocalyps. Om dat soort situaties te voorkomen, neem ik ruim de tijd om het proces heel precies te doorlopen. Ik mis dan ook met een stabiele regelmaat de bus, maar dat is de prijs die je voor perfectie betaalt.

Het begint bij het ontwaken. Niets verkwikt een mens zo als wakker worden tussen satijnen lakens, om vervolgens met een geoliede beweging in met konijnenbont gevoerde pantoffels te glijden. Douchen, scheren, scrubben, smeren. Dit alles onbezorgd meedeinend op de maat van Franse house. Een naakt rondje zonnegroeten, en ten slotte de precaire fase van het geheel: de kledingselectie.

Jammer dat de keuze op een weinig esthetische boxer moest vallen, maar ik had al een paar weken geen tijd gehad om de was te doen. Gestreepte bruine broek van benijdenswaardige snit, velours strak rond de afgetrainde torso gespannen en mijn nieuwe slangenleren veterschoenen. Niet helemaal het pronkstuk van mijn schoenencollectie, maar ze passen bij mijn lievelingstas als Bonnie bij Clyde: een levensgevaarlijke, maar ontzettend opwindende combinatie. Eén blik in de spiegel was meer dan voldoende. Mijn Gód. Dit zou een fantastische dag worden.

Oude vrienden vroegen me nog weleens waarom ik naar een dorp verhuisd ben. Ze begrepen niet dat ik uit vrije wil ben weggetrokken uit de stad, weg van de civilisatie, weg van winkels, bioscopen, clubs. Ze begrepen niet dat ik voor mijn plezier tussen de gekortwiekte Gerda's bij de dorpskapper wil zitten. Bruinig-roodgeverfde stekels hebben de vrouwen hier allemaal. Met blonde plukjes. Ik weet bij Gód niet waarom, maar ze schijnen zich er fijn bij te voelen. Allemaal. Ik ben de laatste die ze met hun neus op de feiten – de oogbalverpletterende lelijkheid van hun coupe – zal drukken. Niet woordelijk, in ieder geval. De goede verstaander zal onmiddellijk begrijpen wat ik duidelijk wil maken uit de manier waarop mijn blonde lokken met mathematische nonchalance langs mijn ogen en voor mijn oren vallen. Uit mijn getrimde wenkbrauwen. Uit het luchtje dat ik onontkoombaar doch discreet uitwasem, van een merk dat in deze helft van het land met nog geen bodylotionmonstertje zijn intrede heeft gedaan. Ja, ik zou mijn uiterlijk wel mijn eigen vorm van verkapte maatschappijkritiek durven noemen.

Ik moest hard doorlopen. Mijn nieuwe schoenen leken zich zowel links als rechts in de buitenste twee tenen te hebben vastgebeten en ik was het liefst even op de stoep gaan liggen om bij te komen van de pijn, maar ik zette door. Niet alleen omdat anders de bus weer aan me voorbij zou rijden, maar vooral omdat de pijn me deed rillen van plezier. Lijden om de grillige pasvorm van nieuwe kleren is mijn lievelingssoort lijden. Zeker als het me er Góddelijk doet uitzien. Het was jammer dat er op dit onchristelijke uur nog maar zo weinig mensen op straat waren, anders hadden ze waarschijnlijk niet meer voor zichzelf kunnen instaan.

Ze schrokken wel, toen ik hier net kwam wonen. Extravagant, vers uit de Randstad, met een nieuwe baan bij een ontwerpbureau twee dorpen verderop. De homogemeenschap beperkte zich tot dat moment tot een enkele verwarde kip en de jongen van de witgoedwinkel. Hij is er nog niet voor uitgekomen, maar als hij geen holtor is, eet ik iets dierbaars dat heel moeilijk te verteren is. Maar ik zal hem verder nergens toe dwingen.

Inmiddels weet iedereen wie ik ben en dat ze nog wel even met mij opgescheept zitten. Het heeft veel tijd gekost om ze dat duidelijk te maken. Ik heb ouderwets moeten vechten voor volwaardige erkenning, maar ik heb het gekregen. Waar sommige mensen hier 'Evert, de dominee', 'Gert, de loodgieter', of 'Bennie, de fietsspecialist' zijn, ben ik 'Glenn, de homo'. Zo had ik het bedoeld. Waar vind je dat nou nog tegenwoordig? Hm?

De bushalte zag al zwart van de mensen, en dat enkel door de eenzame, corpulente aanwezigheid van Dikke Hetty. Ik weet hoe ze zich moet voelen, moederziel alleen op een plek waar iedereen je wantrouwt. Góddank had ik aan mijn charme, modegevoel en hulpvaardigheid genoeg om het respect van de gemeenschap te verdienen, maar Dikke Hetty heeft alleen haar bedwelmende lichaamsgeur en het twijfelachtige talent om urenlang aan één stuk door een oudbakken Beatles-nummer te neuriën. Daar maakt niemand vrienden mee. Toch kon ik sympathie voor Dikke Hetty opbrengen. We waren alleen, zij en ik. We werden opgemerkt. Ik door mijn geaardheid en unieke extravagantie, zij omdat ze zo enig is in haar afstotelijkheid. Ze lijkt echter nooit ten volle te genieten van de aandacht die haar uiterlijk genereert. Ik, daarentegen, sterf een langzame, pijnlijke dood als ik niet in het centrum van de belangstelling sta. Ik bloei hier op, want er wordt naar mij gekeken en geluisterd alsof ik een exotische tante ben, net terug uit Burundi, op een familiefeestje in Wervershoof.

De deur van de bus klapte sissend open. Dikke Hetty zuchtte diep en hees zichzelf naar binnen. Ze was prima te verdragen, zolang ze maar stilstond. Bij iedere beweging die ze maakte, walmde haar geur me ongegeneerd in het reukorgaan. Ik sloot mijn neus intern met de achterkant van mijn tong af en stapte ook naar binnen. De chauffeur leek niet door te hebben wat zijn zelfverkozen taak in deze maatschappij was en staarde met een galmend lege blik naar de horizon.

Terwijl ik mijn abonnement ongezien weer in mijn portemonnee stopte, hoorde ik mijn naam door de bus schallen. Ik ben over het algemeen niet vies van een enthousiast weerzien met gegil en wapperende handen. Ik kan het zelfs heel bevrijdend vinden, van tijd tot tijd. Maar zonder dat ik hoefde op te kijken, wist ik al dat dit een heel erg naar weerzien en een heel erg nare rit zouden worden. Ik probeerde volledig op te gaan in het terugstoppen van mijn abonnement. Die stem. Exact hoe een misthoorn zou klinken als het een verwend ventje rond sinterklaastijd zou zijn. Onmiskenbaar van Tippe. Tippe: aartsvijand en zelfverklaarde goede vriend. Eén van 's werelds rijkste natuurlijke bronnen aan relnichterij. In staat om alles wat mijn leven leuk maakt te vergiftigen met zijn bemoeienis of aanwezigheid. Iemand die het in een half jaar tijd gepresteerd had om de toenmalige liefde van mijn leven af te pakken, een nieuwe broek eerder te dragen dan ik en de rol van intrigant in mijn vriendenkring met een Oscarwinnende hartstocht te spelen.

'Hé, kijk wat de kat opgehoest heeft! Glenn, hierzo!

Met pijn in mijn hart keek ik op. Mijn Gód. Welke motorisch onderontwikkelde Oeralbewoner had zíjn kapsel van jetje gegeven?

Hij zwaaide opgetogen met zijn tas (toegegeven: een Goddelijke tas) en wees op de plek naast hem.

Ik deed niet zoveel moeite om mijn gemaakte glimlach een schijn van authenticiteit mee te geven, maar zwaaide wel terug. 'Tippe!' Ik hield de slot-e van zijn naam even aan en liet de klank wat naar beneden afbuigen om mijn matige enthousiasme te tonen. 'Jij hier? Wat ben je dik geworden. Pas ik daar nog wel naast?'

Hij brieste en gaf me een klapje. 'Dat zeg jij tegen mij? Het plattelandsleven heeft jouw buikje ook niet echt verwaarloosd. Dat doet volle melk en ongesneden brood voor je, hè?'

Nou! Zie! Daar begon het al. Tippes talent om van een komische opmerking mijnerzijds iets heel erg stoms te maken. Hij kneep even in mijn buik. Ik wou dat ik toch mijn jas had aangetrokken. 'Nee, maar echt,' zei ik, zo beschaafd als de omstandigheden toelieten. 'Jij hier? Ik dacht dat jij zo'n stadsbeest was? Heb je familie in de buurt?' Eigenlijk wilde ik het antwoord niet horen.

'Nee, ik ben verhuisd, vorige week. Nieuwe baan. En ik had het wel gehad met de stad. Ha, ik rijm. En dat op de vroege morgen.' Hij keek me triomfantelijk aan.

Ik wilde hem in zijn gezicht bijten, en niet op een goede manier. 'O. Ik dacht dat jij je met vaste regelmaat verkneukelde over het beschavingsniveau van dorpelingen? Dat je gezworen had nooit één welgeschoeide voet over de grens van de Randstad te zetten? Hm? Toch? Ik weet bijna zeker dat je dat tegen me gezegd hebt, hoor. Toen die ene keer. Die ene avond. Je weet wel. Vlak voordat ik ging verhuizen? Die ene verjaardag van dinges. Hoe heet ie? Die met die lelijke neus? Je weet wel.'

Ik was me ervan bewust dat mijn wanhoop enigszins door mijn woorden heen schemerde. Het kon me niks meer schelen. Niet dit ook nog. Niet mijn nieuwe thuis bevuild door Tibbe met zijn vieze gemanicuurde pisvingertjes. Na alle manieren waarop hij mijn leven al minder glans gegeven had, was dit uiteindelijk ook te verwachten geweest. Dat hij hier zou komen wonen, in hetzelfde dorp als ik. Dat hij hier de nieuwe aimabele homo uit zou komen hangen. Mij met een welgemikte heupwieg uit mijn spotlight zou duwen. Ik ken hem. Door en door. Nu gaat hij een pottenbak- en balletcursus volgen en daar de show stelen, de sluimerende homoseksualiteit van de witgoedjongen doen ontwaken, en dan wil hij dat we gedrieën een wekelijkse homoavond houden met cocktails en slechte muziek en zal alles verpest zijn. Zo iemand is hij. Iemand die altijd alles verpest.

'Quincy? Nee. Ik heb geen idee wie je bedoelt. Ik ken ook niemand met een lelijke neus, daar zorg ik wel voor.' Gewapper met zijn handen. 'Maar *anywho*,' (hij zei anywho, ja. Dat was zijn ding. Ik had dat al heel lang niet meer gehoord. O, zoete vergetelheid.) 'ik weet nog dat je zei dat het een verademing was om de enige relnicht in de wijde omtrek te zijn. En ik moet zeggen dat je nog nooit zo gelijk hebt gehad.' Hij hinnikte uit voorpret over wat hij zou gaan zeggen. Ik hield me vast. Letterlijk. Aan de armleuning. 'Toch jammer dat er hier zoveel minder te neuken valt.' Hij snoof nog even om zichzelf en keek hoofdschuddend uit het raam.

Ik liet een gepaste stilte vallen. Ik zou niet eens weten wat ik daarop had moeten antwoorden. Ik zou in ieder geval niet degene zijn die hem de witgoedjongen tipte. Ineens veerde hij op en wreef met zijn hand over mijn bovenbeen. 'Weet je wát we een keer moeten doen?'

Ik wist het al.

Ik wilde het niet horen.

'Een degelijke homoavond houden! O, dat gaat léuk worden!' Hij applaudisseerde voor zichzelf en babbelde nog even door over cocktails. Ik staarde naar buiten, luisterde niet meer. Twee maanden opzegtermijn op mijn appartement.

2

'Zeg. Haal jij die tas eens weg.'

Ze schrok op en keek me heel even verwilderd aan.

Ik wees respectievelijk op de tas naast haar en op haar schoot. 'Die. Daarheen. Als de wind.'

Ze glimlachte en nam haar tijd voor de tasverplaatsing. Achter mij ontstond rijvorming en bijbehorend gezucht en gedrang. Ik zuchtte zo hard mogelijk in het gezicht van de voorste meneer terug en schoof zodra ze het toeliet naast Floks in het bankje. Ze keek toe hoe de man achter mij geschokt zo ver mogelijk naar achteren doorliep.

'Ken jij geen schaamte?' Uit haar schuin gehouden hoofd sprak oprechte interesse. Ze had een felgeel stoffen bloemetje in haar donkere krullenbos. Een goede zet. Het had wat weg van zo'n marsepeinen versierinkje op een chocoladetaart, dat altijd al gesnaaid is voordat de taart zelf wordt aangesneden, hem naakt en gewoontjes achterlatend.

'Schaamteloosheid is een prachtige karaktereigenschap,' zei ik. 'Eentje om te koesteren.' Ik controleerde of de gaatjes in de doos op mijn schoot allemaal onbedekt waren.

Floks draaide haar hoofd terug naar de meneer wiens dag ik nu al verziekt had. 'Nee. Nee, dat is geloof ik niet zo.' Ze ging wat onderuitgezakt zitten en liet de bladzijden van het boek op haar schoot – nog open op dezelfde bladzijde als gisteren, zag ik – tussen haar duim en wijsvinger ratelen.

'O!' Ze zwaaide met haar vinger voor mijn neus. Ik keek

haar aan. Het viel me nu pas op dat ze een heleboel make-up op had. Zwart en blauw in en rond haar ogen, rode veegjes op haar wangen. Waar vond ze dat voor nodig? Het gaf de schijn dat er achter die dik aangezette hertenogen niets was dan stoffige leegte en/of een enkele kriekende sprinkhaan. Bovendien was ze niet helemaal zorgvuldig geweest, getuige de vlekjes bruine prut bij haar kin en rechteroor. Dat maakte het geheel niet minder belachelijk, maar wel een beetje aandoenlijk.

'Olivia laat me nog vragen of je wel goed ontbeten hebt vanochtend. Het ontbijt is de belangrijkste maaltijd van de dag, zei ze, en nu ze er niet meer is om je te controleren, is ze een beetje bezorgd om je.'

Goddank. De chemicaliën op haar gezicht hadden haar hersenen nog niet aangetast. 'Heel attent, maar ze hoeft zich geen zorgen te maken. Twee boterhammen, één met kaas en één met gebraden gehakt, plus een glaasje multivruchtensap.'

Ze knikte tevreden. 'Zal ze fijn vinden om te horen.'

Toen we beiden al een tijdje zwijgend de achterhoofden van de mensen vóór ons hadden bestudeerd, begon het doosje op mijn schoot plotseling een eigen leven te leiden. Het wiebelde heen en weer, en de krabbelende geluidjes die het produceerde overstemden bijna het geronk van de bus.

Floks schoof zo ver mogelijk bij mij vandaan. 'Wat heb je daar?'

Ik zond haar mijn meest veelbetekenende blik.

Ze was geschokt, maar de glinstering in haar ogen bleef ondanks de dikke laag mascara onmiskenbaar. 'Voor mij?'

Ik had er niet aan voorbij kunnen lopen, toen ik het gisteren in de winkel had gezien. Meteen moest ik aan Sientje denken. Aan hoe zij me aangekeken zou hebben als ik dit aan haar gegeven had. Zoals ze vroeger naar me keek als ik een barbiehoofdje weer op zijn plek drukte, of haar – mijn eigen doodsangst vergetend – in bescherming nam tegen de tanden van Humberto, de hond van de buren. Eén brok stralende dankbaarheid en bewondering. Dat had ik al heel lang niet meer gezien.

Ik heb nooit tijd gekregen om haar een echt cadeautje te geven. Barbiehoofdjes, hondentanden, het incidentele slaan van een klasgenoot die haar geknepen had. Meer heb ik nooit voor haar kunnen doen. Ze zal het me niet kwalijk genomen hebben, want ze nam me nooit iets kwalijk. Zelfs niet die ene keer dat ik haar had laten struikelen en ze haar handen en knieën openhaalde aan de stoep. Niet echt, in ieder geval. Ze moest huilen en noemde me een kutlul, maar nadat ik haar naar binnen had gedragen, deelde ze wel de dropjes met me die ze ter troost van mama had gekregen. Ze lachte door haar opdrogende tranen heen toen ik zei dat 'kutlul' eigenlijk niet kon, kneep me voor straf in mijn been en haalde hartstochtelijk haar neus op. De volgende dag was ze vergeten hoe ze aan de pleisters op haar knieën was gekomen.

'Maar ik heb toch gisteren al wat gekregen? Je was vrij voor vandaag, hoor, wat dat betreft.' Floks schudde voorzichtig met het doosje bij haar oor.

'Dat zou ik maar niet doen. Daar wordt ie misselijk van.'

Met opperste concentratie zette ze het doosje op haar schoot en schoof het deksel ervanaf. Ze verstarde en verloor vervolgens een ogenblik de controle over haar kaakspieren. 'Een konijntje. Je hebt een... Je hebt een babykonijn voor me gekocht?'

Haar ogen leken bijna uit haar gezicht te ploppen en ik verdacht haar lip ervan een beetje te trillen terwijl ze het dier zorgzaam uit de doos tilde. Ze snuffelde met gesloten ogen in zijn nekje.

'Hoe kun je nou...? Hoe kun je dit nou doen? Dat kan toch niet zomaar? Je kunt toch niet iemand zomaar een konijntje cadeau geven? Dat kán toch niet?' Ze streelde haar wang met zijn zijkant. Het konijn moest leren omgaan met een geel stoffen bloemetje in zijn tetter.

'Nou ja, als je de verantwoordelijkheid niet denkt aan te kunnen...' Ik hield mijn hand al op, maar ze maakte er een hapgebaar naar.

'Hoe heet ie?' vroeg ze, zijn kopje inmiddels liefdevol tussen haar borst en kin vastklemmend.

'Geen idee, roep eens iets.'

'Meneer Sniffels?'

Mijn blik zei genoeg.

'Nee, dat kan niet. De tijd dat een huisdier nog weg kon komen met "Meneer" als voornaam ligt achter ons. Ja toch?'

'Ver. Vér achter ons,' beaamde ik.

Ze staarde het konijntje diep in de ogen. 'Fluffie? Smittie? Smuffie? Bep.'

Nee.

'Zahara? Dries? Páprika? Wubbo? Claudine Longet?'

Ik stelde voor er nog even over na te denken.

Ze knikte. 'Wees niet bang, ik bedenk nog wel wat,' fluisterde ze in zijn trillende vachtje.

Sientje was net twaalf geworden. Al om half zeven had ze naast mijn bed gestaan om te vragen wat ik voor haar gekocht had. Ik had met mama afgesproken dat ik dat jaar zelf een cadeautje voor haar zou kopen, omdat ik daar oud genoeg voor was. De teleurstelling die uit Sientjes hele wezen sprak, toen ik van onder mijn deken liet weten dat ik nog niks gekocht had, zal ik nooit vergeten. Ze plofte neer op mijn vloer om pas te vertrekken, na enig geweld en de oprechte belofte – verplicht beide handen boven de dekens om gekruiste vingers te voorkomen – dat ik volgende week met een pakje over de brug zou komen. Maar eigenlijk deed het er al niet meer toe. Het leed was al geleden. Ik was haar tegengevallen, als grote broer en als mens. Ik heb nog gezocht naar iets leuks, de week erop, maar ik kon niets vinden wat leuk genoeg was.

Een week later was ze dood. Sindsdien kom ik wekelijks wel iets tegen wat perfect geweest zou zijn.

'Zeg maar dag tegen Dimitri. Dag!' Floks zwaaide met lichte dwang het pootje van het vooralsnog naamloze konijntje heen en weer. Ik pakte mijn tas.

Ze hield me tegen. 'Niet meer doen, dit soort dingen. Echt niet, hoor. Ik heb namelijk geen idee waaraan ik dit verdien of hoe ik ooit iets voor je terug kan doen. Ik schaam me dood.'

'Dat is niet mijn probleem.' Ik trok het konijn even zachtjes aan zijn oor en stond op. 'Schaam je alsjeblieft nergens voor.'

Ze straalde terwijl ze hem terugstopte in het doosje en tikte hem even op zijn hoofd. 'Zeg maar "Tot snel!" tegen Dimitri. Tot snel!'

3

Het ligt aan mij, hoor. Ik ben de eerste die dat toe zal geven. Grif. Zonder mij zou ze misschien wel een beminnelijk meisje geweest zijn. Welgemanierd. Schattig. Misschien is ze nog steeds wel schattig. Ergens. Je ziet het er alleen niet aan af. Als je alles bij haar uit zou schakelen, het nimmer versagende gekrijs, de bezeten blik in haar ogen, haar wellustige grijphandjes, misschien zou ze dan schattig zijn. Maar om het uit te schakelen zou ik háár uit moeten schakelen. Haar keeltje dichtknijpen. Zoiets. Dat doe je niet, als moeder. Dat doe je gewoon niet. Het zou ook onterecht zijn. Het is namelijk niet haar schuld dat ze zo geworden is. Het is mijn schuld. Ik en mijn moederschap, we hebben gefaald. Dat geef ik toe. Grif.

In de drie jaar en twee maanden die ze nu ongeveer bestaat heb ik een jengelend wanproduct van haar gemaakt. Iets waarmee ik, als ik erbij stilsta – en dat doe ik liever niet – eigenlijk niet geassocieerd zou willen worden als ik haar moeder niet was. Als ik haar niet drie jaar en twee maanden geleden uitgescheiden had, op die veelbelovend stralende dag in juli. Zonovergoten maar met een fikse bries, die ik door het open raam in de ziekenhuiskamer kon voelen. De ironie van de frisse schoonheid van die dag is schrijnend als je naar haar kijkt. Naar hoe ze op de bank is gaan staan, haar hoofd tussen de hoofdsteunen gewurmd heeft en ongetwijfeld kwijlend naar de meneer achter ons staart. De beste man heeft geluk, want gistermiddag spuugde ze nog Smarties naar iemands hoofd.

Naar de vlek op mijn broek, die ze vanmorgen maakte door modder mijn richting op te schoppen toen ik haar vroeg door te lopen. Naar haar afgrijselijk lelijke felroze jas in mijn handen, die vorige week nog de ondergang van de wereld zou inluiden als ze hem niet zou krijgen, maar waarvan ze daarnet met een zo mogelijk nog grotere passie verklaarde hem nooitnooitnooitnooit aan te willen. Er kwamen stampvoeten en onverdraaglijke decibellen bij kijken, dus ik heb hem maar meegenomen voor het geval ze misschien van gedachten verandert. Ze verandert niet van gedachten, dat weet ik ook wel. Het is een heel erg lelijke jas, namelijk. Zoveel heb ik haar dan ook wel weer kunnen bijbrengen.

Ik weet dat ik haar eigenlijk niet mee zou moeten nemen in het openbaar. In het openbaar is ze op haar monsterlijkst. Ze gilt, jankt, hangt aan wildvreemden. De dappere doorzetter die, na haar vijf minuten verdragen te hebben, nog steeds 'Wat een schátje!' durft te zeggen, liegt, heeft kinderen in de gevangenis of komt er wel van terug als hij eenmaal in zijn arm gebeten is. De meesten gaan voor een veilige 'Zo, die is groot geworden!', een voor de hand liggende 'Nou, daar zul je je handen wel vol aan hebben!' of het veelzeggende zwijgen. Een enkele durfal vraagt of ik er nog eentje wil. De laatste categorie wordt hartelijk door mij uitgelachen. Nee. Ik wil er niet nog eentje. Niet zozeer omdat ik niet van kinderen hou, maar voornamelijk omdat ik niet de juiste persoon ben om ze op te voeden.

Ik heb niet altijd geweten dat ik geen kinderen kon opvoeden. Daar ben ik pas op latere leeftijd, spelenderwijs, achtergekomen. Iva bleek het oefenmateriaal en ik heb haar met mijn onvermogen verpest. Ik heb ooit een cursus pottenbakken gevolgd en daar bleek ik niet voor te zijn gemaakt. De klei deed niet wat ik wilde, ik had de draaischijf niet onder controle. Ik heb het opgegeven. Dat doe je, als het pijnlijk duidelijk wordt dat je iets echt niet kunt. Dan laat je het zitten. Dan zoek je naar talenten die je mogelijk wél bezit. Ik kan bijvoorbeeld fantastisch koken. Ik kan fantastisch koken en tegelijkertijd Heidegger begrijpend lezen. Ik ben sowieso goed in multitasken. Ik ben een uitstekend crisismanager en ik kan als geen ander lepels aan mijn neus hangen. Ik heb ooit een tijdje op de dansacademie gezeten. Ik kan levensechte konijntjes schillen in appels. Ja, probeer dat maar eens. Dat lukt je niet zomaar. In peren kan ik het ook. Maar waar anderen met een beetje mislukt geschild fruit zitten na een oprechte poging, zit ik met een mislukt kind. Iets wat je minder ongegeneerd opeet of in de groencontainer gooit om het falen te verbergen. Iets wat je over het algemeen in onze samenleving meer misprijzende blikken oplevert.

Iva gilde iets onverstaanbaars richting de meneer achter ons en ik hoorde een spuuggeluidje.

'Iva, liefje. Even op je billen zitten nou. Op je. Iva!' Ze had haar hoofd tussen mijn hoofdsteun en de hare losgetrokken en bonkte nu haar voorhoofd tegen het mijne, nog altijd op de bank staand. 'Au, Iva, niet doen. Au. Mama heeft au. Op je billen zitten, liefje. Op je bil-len! Nah.'

Ze rukte zich los uit mijn halfslachtige houdgreep en sprong van de bank af. Ook goed. Ik haalde Terence, haar plastic krokodil, uit mijn tas en hield hem haar voor. 'Hier, wil je deze? Lief spelen ermee.' Ik hield hem nog heel even buiten het bereik van haar klauwende handjes. 'Lief. Hoor je me? Lief.'

Ze knikte en griste het beest uit mijn vingers. Ik viste een tijdschrift uit mijn tas en sloeg het open bij een verhaal over vreemdgaan. Verhalen van andere vrouwen en hun overspel interesseren me over het algemeen niet zo, maar ik las het stuk nu zowel gebiologeerd als ademloos. Ik merkte even niet hoe ze brullend door het gangpad rende, aan de arm van de buschauffeur hing en het prullenbakje bij de deuren leegde. Niet écht. Ik was namelijk bezig met hoe Rianne (35), getrouwd met Peter en moeder van Saskia (8) en Freekje (4) tussen de rozenstruiken verleid werd door tuinman Quincy. En hoe ze, hoewel ze van iedere minuut genoten heeft, heel veel spijt had en uiteindelijk vergeven is door haar man. Hij maakt nu meer tijd voor haar en de kinderen.

Ik ben niet achterlijk. Ik weet wel dat iedereen in deze bus vermoedt dat hij of zij mijn dochter beter zou kunnen opvoeden dan ik, en ik kan hun vermoeden alleen maar bevestigen. Sterker nog: ik zou ze vriendelijk willen uitnodigen Iva bij haar kladden te grijpen en haar recht in de ogen kijkend streng toe te spreken. Ook voor mensen die haar een corrigerende tik zouden willen geven, ligt de weg vrij. Ikzelf heb die aanpak altijd geschuwd, maar laten we eerlijk zijn: mijn algehele aanpakloosheid heeft gefaald, dus ik sta meer dan open voor andere benaderingen. Ze gaan hun gang maar, ik heb een tijdschriftje om me mee te bemoeien, en misschien helpt één tikje van een wildvreemde wel om drie jaar en twee maanden bedroevend slecht ouderschap te ondermijnen. Je weet maar nooit.

'Misschien kun je...' De mevrouw aan de andere kant van het gangpad durfde haar zin niet af te maken. Een suggestie. Een echte suggestie. Die had ik al jaren niet meer gekregen. Zelfs beide oma's hadden mijn dochter en mij opgegeven.

Ik keek geïnteresseerd op van mijn blaadje. 'Ja?'

'Ja, ik zeg maar iets, hoor, maar ik dacht, misschien kunt u iets doen aan dat lawaai van uw dochter. Het is geen feest voor de oren. Geen feest voor het hele gestel, eigenlijk.' Ze lachte verontschuldigend.

Ik knikte. Als geen ander begreep ik haar probleem. Zij begreep mijn probleem alleen niet. Ik riep Iva bij me. 'Iva,' zei ik streng, terwijl ik stukjes appel, het etiket van een colaflesje en iets ondefinieerbaars van haar trui plukte, 'dat mag allemaal niet. De mensen hebben last van je. Die mevrouw,' ik wees naar de mevrouw, Iva draaide zich om, maar deed voor zover ik kon zien niets obsceens, 'heeft last van je. Hé? Hier ben ik. Hier. Juist. Niet meer doen. Geef Terence maar hier. Hier. Geef hier! Geef. Hier. Iva, popje, hier ermee. Dank je. Ga nou de troep maar opruimen. Stop alles wat je uit de prullenbak hebt gehaald er maar weer in, alsjeblieft. Ja? Als je klaar bent krijg je Terence terug.'

Er werd wat nagebauwd, er was wat gegil, maar ze rende na een paar seconden toch naar achteren, om God weet wat te doen. Mijn optreden was een belachelijke vertoning, daar was ik me terdege van bewust. Maar op deze manier zag die mevrouw in ieder geval dat het niet aan mijn dochter lag, maar aan mijn persoonlijke incompetentie. Ik bladerde terug naar de brievenrubriek, de mevrouw staarde naar mijn dochter, die aan een stang hing en bij iedere bocht gillend met haar benen zwiepte.

Ze kuchte even om mijn aandacht te krijgen. 'Mevrouw?'

'Hm?' Ik probeerde haar met één oog aan te kijken en met het andere de Gouden Vulpen winnende brief van de week te lezen. Het deed pijn, dus ik concentreerde me volledig op haar. Een kloeke oma in alles: de kordate grijze coupe, beige jas en gezondheidsschoenen. Nimmer vervagende roze wangetjes, waarvan het de vraag blijft of ze nou zo rozig zijn door gesprongen adertjes of door iedere dag door weer en wind met de kleinkinderen de Efteling rondzeulen.

'Is dat uw manier van disciplineren?' Haar toon was zeldzaam neutraal, alsof ze me om een zakdoekje gevraagd had.

'Nee. Geenszins,' antwoordde ik in alle eerlijkheid. Terwijl ik haar mijn situatie uitlegde, pakte ze haar tasje op en ging naast me zitten. De plek naast me was toch vrij, aangezien Iva iemand dropjes aan het aftroggelen was. Dropjes, om half acht 's ochtends.

'U hebt echt geen idee, hè?' vroeg ze.

Ik wist niet waar ze het over had.

'Ze kunnen zo leuk zijn. Drie jaar is de mooiste leeftijd die ze kunnen bereiken. Onschuldig en ontdekkend, maar niet meer zo argeloos als die ongeleide tweejarige projectielen. Prachtig, als je het mij vraagt. Jammer dat die van u zo verpest is.'

Iva kwam handenwapperend en krijsend voorbijrennen. Ik keek toe hoe ze een eindeloze woordenstroom op de buschauffeur losliet, stiekem een dropje uit haar mond op zijn diensttrui plakte en handenwapperend terugrende naar het andere eind van de bus.

'Ik wil wel een poging wagen, hoor.'

Ik begreep niet helemaal wat ze voorstelde.

'Om het goed te maken, bedoel ik. Om de schade ongedaan te maken. Zou niet al te moeilijk hoeven zijn, denk ik. Ik heb er ervaring mee.' Ze draaide zich om in haar stoel om naar de peuter te kijken. Mijn. Mijn peuter.

Ik maakte wat tegenstribbelende geluidjes uit de categorie 'Nee, dat kan ik toch niet van u vragen, het is te veel, ik kan de verantwoordelijkheid niet bij u leggen, kom op, doe niet zo raar', maar zorgde ervoor dat ze niet zozeer overtuigend, als wel bescheiden klonken.

Ze knikte. 'Geen moeite, geen enkele moeite. Ik heb de tijd, hoor. Vandaag en morgen. En ik denk dat ik overmorgen ook nog wel een gaatje kan vinden.' Ze krabbelde haar naam, adres en telefoonnummer op een blaadje.

Ik nam niet eens de moeite om naar enige rechtsgeldige identificatie te vragen.

'Dat is dan geregeld. Hier kunt u ons vinden.' Ze stond op, klapte in haar handen en nam Terence van me over. 'Iva! Hier komen.'

Iva kwam weer aanhuppelen en pakte de hand van de mevrouw. Ik keek op het briefje. Thea. Ze pakte de hand van Thea.

'Je gaat een paar daagjes uit logeren bij mij, Iva. Zeg maar dag tegen mama, want wij moeten er hier uit.'

Iva had geen idee wat er gebeurde, maar zei dag tegen haar mama en wandelde toen achter Thea aan de bus uit.

Daar ging mijn dochter. Met Thea mee. Ik kon haar overmorgen weer ophalen. Ik stopte het briefje in mijn agenda en bladerde naar de modespecial. Ach, de zigeunerlook zou weer terugkomen dit najaar. Mooi. Daar had ik nog wel iets van in de kast liggen.

4

'Jane was by no means better. The sisters, on hearing this, repeated three or four times how much they were grieved, how shocking it was to have a bad cold, and how excessively they disliked being ill themselves, and then thought no more of the matter: and their indifference towards Jane when not immediately before them, restored Elizabeth to the enjoyment of all her original dislike.

Their brother, indeed, was the only one of the party whom she could regard with any complacency. His anxiety for Jane was evident, and his attentions to herself most pleasing, and they prevented her feeling herself so much an intruder as she believed she was considered by the others. She had very little notice from any but him. Miss Bingley was engrossed' [Engrossed? Mweeh?] *'by Mr. Darcy, her sister scarcely less so,'* [Ah, oké.] *'and as for Mr. Hurst, by whom Elizabeth sat, he was an indolent man, who lived only to eat, drink, and play at cards, who when he found her prefer a plain dish to a ragout, had nothing to say to her.'*

5

Ze zag er niet minder hartveroverend uit dan gisterenavond, zoals ze nu naast me zat. Haar volle blonde haar was misschien een beetje warrig, haar hemelsblauwe avondjurk had een onbedoelde split en ze had een paar zwarte vegen op haar wang, maar haar blik was nog even mysterieus, haar glimlach nog even innemend. Miss Veronica Longwood. Brits geheim agente en onwaarschijnlijk mooi voor een eilandbewoner.

'*Nice work, mister Mann,*' zei ze, me schalks aankijkend. '*Very nice work.*'

Ik glimlachte en legde mijn hand op de hare, die de stukken stof van haar avondjurk bij elkaar probeerde te houden. 'Cijfer uzelf niet weg, miss Longwood. Zonder u had ik het niet klaar kunnen spelen.'

Als een verlegen schoolmeisje sloeg ze haar ogen neer. 'Ik heb nooit eerder met iemand zoals u gewerkt, meneer Mann. Het was me een uitzonderlijk genoegen.'

Mijn linkerhand schoof ik in de doorgang die de split me bood en streelde haar zachte, naakte been. Met mijn rechterwijsvinger onder haar kin trok ik haar gezicht dichterbij. Haar adem stokte.

'En het hoeft nog niet voorbij te zijn,' fluisterde ik in haar oor.

Het was gisteravond onmiddellijk duidelijk voor me geweest dat zij niet zomaar een van de genodigden was. Ik heb daar een neus voor. Met één blik op welke mensenmassa dan ook weet ik wie zich van geen kwaad bewust is en wie ter plaatse is om de wereld te redden. Zij was ter plaatse om de wereld te redden. Het straalde van haar af, hoe ze door de buitensporig versierde fabriekshal flaneerde, geconcentreerd en op haar hoede, maar tegelijkertijd niet vergetend om plezier te veinzen. Een zeldzaam talent. Ze moest er ongetwijfeld om dezelfde reden zijn als ik, dus ik besloot haar aan te spreken terwijl ze wachtte op een drankje. Ik werk dan graag alleen, maar bij een operatie als deze kon je maar beter de krachten bundelen. Van langs elkaar heen werken is alleen de slechterik ooit beter geworden.

Naast haar aan de bar was een plekje vrij. 'Een gin-tonic, graag.' Ze keek me onderzoekend aan. Blijkbaar had ik me al verdacht gemaakt door voor te dringen. 'En een Campari-soda met een twist voor de dame.'

Ze schrok. 'Hoe weet u...'

'Wilde gok.' De barman reikte me een gin-tonic en een Campari-soda met een twist aan. 'Mevrouw, we moeten praten,' zei ik terwijl ik haar de Campari-soda aanreikte. 'U bent hier met dezelfde reden als ik en het lijkt me daarom beter als we samenwerken.'

Een plant in een nabije hoek leek me een goede plek om ongestoord geheime informatie uit te wisselen. De ficus was een van de weinige natuurlijke eilanden in deze fabriekshal vol televisieschermen, flitslichten, schelle muziek en mensen uit de media-industrie. We kwamen deze eenzame bondgenoot gezelschap houden, nadat ik hem op afluisterapparatuur had gecontroleerd.

'Luister, mevrouw...'

'Miss Johnson,' zei ze geaffecteerd. 'En ik begrijp niet waarom—'

'Miss "Johnson". U bent hier net zomin om banden met

collega's op te halen als ik. Wij zijn hier beiden om de duistere plannen van mediamagnaat Georg Goldblatt te dwarsbomen, en ik mag ervan uitgaan dat u ook wilt voorkomen dat de arend zijn landingsgestel al uit heeft, maar neerstort in een botsing met een soortgenoot.'

Ze haalde opgelucht adem. 'Mijn naam is Veronica Longwood. *I was told you might be here too, mister Mann*, maar ik ben bijzonder vereerd dat ik u nu in levenden lijve mag tegenkomen.'

'Het wordt nog mooier,' zei ik terwijl ik haar diep in de ogen keek. 'Ik vraag u met me samen te werken. Wat zijn uw plannen?'

Enige tijd later doofden de lampen, aan het andere eind van de hal verlichtten spots een podium. Het was omringd door televisieschermen die nu nog alleen een soft-focusafbeelding van mediamagnaat Georg Goldblatt weergaven, maar over enkele minuten de lancering van zijn nieuwe Europese nieuwszender WIZC zouden uitzenden. Je kon veel van hem zeggen, maar Goldblatt kon niet van zuinigheid worden beticht: op het podium dansten schaars geklede vrouwen rond vuurspuwers en twee leeuwen en een tijger ijsbeerden langs de randen, bij de hoeken door een brandende hoepel springend.

Alles leuk en aardig, maar waar bleef Veronica? Zoveel tijd had ze toch niet nodig? Ze had me verteld dat haar regering met een verborgen camera opnamen had gemaakt waarin Goldblatt het werkelijke idee achter zijn nieuwszender aan een select groepje medewerkers had toegegeven. Haar plan was om het lanceringsfilmpje van WIZC te vervangen door deze opnamen, zodat de hele wereld zou weten van Goldblatts kwaadaardige ambitie: het met verborgen boodschappen indoctrineren van de Europese bevolking, om zo een gigantisch leger te vormen waarmee hij tegen de Verenigde Staten ten strijde kon trekken. Ze was al ruim een halfuur weg en ik begon me zorgen te maken. Er zat maar één ding op.

De duisternis buiten was overweldigend, maar er is geen maanloze nacht die mij ooit tegen heeft gehouden. Uit mijn binnenzak viste ik mijn schiethaak, richtte hem op de dakrand en zette me schrap. Het geluid van de kabel die naar zijn doel suisde sneed door de nacht als een geslepen slagersmes door een nietsvermoedend kalfje. Toen ik ijzer op beton hoorde klinken en me ervan verzekerd had dat ik geen doodsmak kon maken, liet ik me aan de kabel omhoog hijsen. Veilig boven koppelde ik de haak los en klopte mijn pak schoon. Prioriteiten stellen is altijd heel belangrijk voor me geweest.

Ik speurde de omgeving af. Blijkbaar stond ik op het dak van een uitgebouwde eerste verdieping, want tien meter verderop bevond zich een glazen koepel, met daarachter een muur. De koepel flikkerde in de duisternis als een boosaardige vuurtoren en voorzichtig tuurde ik naar beneden. Vuurspuwers en danseressen, leeuwen en een tijger. Er was nog niks veranderd. Ik richtte me op de muur achter de koepel, waar ik een deur naar de tweede verdieping hoopte tegen te komen. Mijn gok was dat deze verdieping zich beperkte tot een paar kantoortjes, misschien een enkele machinekamer.

De muur voelde hard en koud aan toen ik me ertegenaan drukte en vormde een harde confrontatie met de realiteit na de zachtzoete herinneringen aan miss Longwoods bevalligheid, die met geen mogelijkheid uit mijn hoofd te bannen leken. Ik tastte de muur af en vond halverwege een triplex deur. Met een enkel gedempt schot bleek het slot al kapot en met een zetje van mijn schouder duwde ik hem open. Een lange gang met deuren links en rechts. Achter de eerste deur die ik opentrapte vond ik Veronica. Vastgebonden. En ze was niet alleen. Een Indische tijger keek verrast op van zijn rondgang door de kamer. Hier was hij dus. Het had me al verwonderd waarom iemand als Georg Goldblatt niet gewoon twéé tijgers naast twee leeuwen besteld zou hebben.

'Mister Mann, thank God you're here!' piepte Veronica. '*And about bloody time!* Goldblatts mensen hebben me betrapt en ze weten nu dat wij weten wat zij weten.' Toen ik op haar afstapte om haar te bevrijden, schrok ze terug. 'Nee!' riep ze, de tijger gromde mee. 'Verwissel eerst de videobanden, voor Goldblatt alsnog zijn zin krijgt! Vlug! Maak je om mij geen zorgen. Ik kan dit poesje wel aan.' Ze perste er een waterig glimlachje uit.

In de deuropening draaide ik me nog even om. 'U bent een dappere vrouw, miss Longwood. Ik kom terug.'

Rennend door de gang kon ik het beeld van Veronica niet uit mijn hoofd zetten: het weelderige blonde haar half voor haar gezicht, het vuur in haar ogen, scheuren in haar jurk, een blote schouder. Wat een vrouw. Wat een prachtige vrouw. Bij een zwaardere deur rechts hield ik halt. Na een paar stevige trappen vloog hij open. Het was er te donker om iets te kunnen zien, maar ik stapte onvervaard naar binnen. Zodra de deur achter mij dichtviel, werd me duidelijk dat ik een verkeerde keuze had gemaakt.

'Welkom, *Herr Mann*,' zei een stem die ik liever niet had willen horen. 'Wij verwachtten u al.'

Een lucifer werd afgestreken en direct daarna tekende het gezicht van Georg Goldblatt zich af tegen de duisternis. Hij stak een paar kaarsjes aan om de kamer te verlichten. Naast ons stonden twee van zijn mannetjes, in wie ik beiden minstens tweeënhalf keer zou passen. 'Meneer Goldblatt. Wat fijn dat u het zo gezellig voor me maakt, met al die sfeerverlichting. Niets is u te veel, dat blijkt maar weer.'

'Ik heb er wat voor over, ja. Het is vandaag namelijk mijn feestje, en als je een feestje geeft moet je nergens op beknibbelen, vind ik.' Hij grinnikte en wenkte een van zijn mannetjes. 'Maar goed, waarom nog spitsvondig om de hete brij draaien, als we allebei weten waar dit naartoe gaat? Mijn aanwezigheid wordt beneden bovendien node gemist, dus ik heb wat haast. Dit is het plan: ik ga terug naar het feestgedruis en jij sterft. Dieter hier zal daarvoor zorgen met zijn fonkelnieuwe pistool. Vervolgens handelt Heinrich de zaken af met die mooie blonde poes van je – voor zover die andere poes daar niet voor gezorgd heeft – en dan staat niets een plezierige avond nog in de weg.'

Met een tevreden lachje wandelde hij naar de deur. 'Mooi, dan ga ik me nu weer in het feestgedruis storten. Ondanks al deze narigheid was het fijn u eens in het echt in actie te zien, Herr Mann.'

De deur viel achter hem dicht. Dieter was in één stap bij me en kneep zonder enige moeite met enkel zijn rechterhand mijn keel dicht. Terwijl er dingen binnen in mijn keel kapotgingen, tastte ik naar mijn pistool en plantte dat in zijn buik. Verschrikt keek hij naar beneden, maar voordat hij zijn gedachte af kon maken, vuurde ik twee keer. Heinrich bleek drie kogels nodig te hebben. Amateurs. Blijkbaar hadden ze les één in *Hoe schakel ik De Goede uit?* gemist, want de vijand zijn vuurwapen afhandig maken leek me toch een basismaatregel.

Veronica sloeg een quasi-geschokt kreetje en legde haar hand op mijn been. 'Dat mag ik hopen, Mister Mann. U denkt toch niet dat ik het hele eind met u meegekomen ben om na te praten met een kopje thee en biscuitjes?' Ze keek me verwachtingsvol aan en streek met haar tong over haar bovenlip.

Ik had haar gisteren het leven gered. Ik had twee gigantische mannen omgelegd, de tape vervangen en Goldblatts goede reputatie zo op bijna geweldloze wijze naar de eeuwige jachtvelden gezonden. Ik had de tijger naar zijn vriendjes beneden begeleid en de touwen rond Veronica's polsen en enkels losgesneden. Ik had haar leven gered en ze wist het. Ze wist het.

'Nee, dan is dat opgehelderd,' zei ik. Met de vinger die nog onder haar kin rustte, bracht ik onze lippen bij elkaar. Met mijn andere hand drukte ik op het stopknopje.

6

De bus is als het leven zelf: hij brengt je op plekken waar je niet heen wilt, maar hij brengt je ook weer terug. En zolang je iedere dag in blijft stappen, zal dat niet veranderen. Zolang je in blijft stappen, zul je terugkomen. Er zullen tijden zijn dat je de bus naar de nieuwe bestemming mist en moedeloos tegen de abri leunt. Maar onthoud: er is altijd een volgende om je een nieuwe kans te geven. Behalve als je de laatste bus mist, dan kun je maar beter een taxi nemen.

Ho. Geen taxi's in levensmetaforen. Maar afgezien van die laatste zin heel, heel bruikbaar materiaal. De vraag bleef alleen hoe ik in 's hemelsnaam een bus in mijn debuut moet verwerken. Dat was van later zorg. Eerst was het zaak een onderwerp te bedenken, de karakters en hun motivaties uit te diepen, een goed raamwerk voor de gebeurtenissen op te zetten. Pas daarna zou ik over de details mogen nadenken.

Al sinds mijn vroege jeugd wist ik dat een leven als erfgenaam en opvolger van mijn vader, grootvader en overgrootvader in het familie-imperium niet het leven voor mij was. Er lustig op los leven, wilde ik. Niet beschermd door moeders schoot en vaders geld, maar een kunstenaar zijn, als een ware Henri de Toulouse-Lautrec op artistieke wijze de platonische én fysieke liefde bedrijven met de zelfkant van de samenleving. Niet lichamelijk uitgedaagd zoals Toulouse-Lautrec, maar sociaal uitgedaagd, enkel behept met kennis over zwembadverlichting en hoe je met je personeel om moet gaan.

Schrijven, zou ik. Schrijven over de hoeren en de chlamydialijders, over dampende riolen en mijn hartstochtelijke, vergeefse liefde voor een van die koninginnen van de nacht. Ik zou de verhalen van de zwervers en het uitschot opschrijven, opdat ze nooit verloren zouden gaan. Ik zou berooid maar tevreden sterven.

Daarom was het zo'n tegenslag dat de huur in de grote stad zo belachelijk hoog is. Astronomische bedragen vragen ze daar voor doorgerotte appartementen met de burgerlijkste behangetjes en keukenkasten met appeltjesmotief. Dan gaat het natuurlijk wel om de betere buurten, want ik pieker er niet over eerst drie kwartier in de metro te zitten om de eerste de beste hoer te kunnen ontmoeten. Ik wil er middenin zitten, ik wil wonen in de door vuil en stank verstopte aderen van het hart van de stad.

Mijn moeder stelde voor om een huisgenoot te nemen, maar ik zag dat ze schrok van haar eigen opmerking, die een erfenis geweest moet zijn uit de tijd dat ze nog niet met mijn vader getrouwd was en nog met vreemden samenwoonde die níet voor haar kookten, streken of de tuin voor haar onderhielden. Ik negeerde haar. Ik had er helemaal geen behoefte aan om mijn huis en huur met iemand te delen. Mijn vader stelde voor om een appartement voor me te kopen, maar ik heb hem recht in zijn gezicht uitgelachen. Waarna hij mij recht in mijn gezicht uitlachte.

Uiteindelijk besloot ik om een ruim en belachelijk goedkoop bovenhuis in de provincie te huren en een baan als receptionist te nemen om over een tijdje iets geschikts in de stad te kunnen kopen. Ik heb geen idee wat het bedrijf waarvoor ik werk precies doet – het is me meermaals uitgelegd, maar het interesseert me evenveel als de namen van mijn collega's en het waarom van hun carrièrekeuzes – maar het betaalt fantastisch en ik heb alle tijd om rustig na te denken over mijn langverwachte entree in de wereldliteratuur.

Ik ben er al geruime tijd mee bezig, maar ik heb nog geen woord op papier. Ik heb nog geen concept, ook. Dat klinkt misschien wat raar, maar dat is heel gebruikelijk in de literatuur. Jarenlang kun je als schrijver broeden op een idee, het koesteren, het voeden, het zijn plaats leren vinden binnen deze maatschappij. Als het idee volmaakt is, ga je als schrijver zitten en laat je het komen. Binnen luttele weken kan het op papier staan, je meesterwerk. Dan begint de echte martelgang. Dan komt het Grote Leuren. Eindeloos je manuscript van uitgever naar uitgever slepen en het onbegrip keer op keer recht in zijn monsterlijke bek kijken, totdat een enkele waaghals besluit het risico met je te nemen. En dan, dan word je in de geschiedenisboeken opgenomen als de welsprekendste stem van je generatie.

'Hoe heet jij?'

Ach jezus. De mongool tegenover me begon zijn banaliteiten weer op me af te vuren. Hij was een taaie, ik had verwacht hem gisteren al genoeg afgeschrikt te hebben met mijn kennis van de klassiekers. Het tegendeel bleek waar, want hij keek me vol verwachting aan, als een mislukte Cupido [klopt 'Cupido' hier?], klaar om me met de volgende pijl van voorspelbaarheid en verveling een fikse hoofdwond toe te brengen.

'Wie wil dat weten?' Nooit rechtstreeks antwoord geven.

Hij piepte. Of hoestte. Ik had geen idee.

'Ik ben Hans, en jij?'

Hans, hij heette Hans. Ik wilde dat helemaal niet weten. En ik wilde ook niet dat hij mijn naam zou weten. Hij leek me zo iemand die je naam voor of achter iedere tegen jou uitgesproken zin probeert te plakken, als hij je naam eenmaal verstaan denkt te hebben. Meestal zit zo iemand er net een paar misverstane letters naast.

'Zo, Hánnes,' zei ik. 'En waaróm wil je dat eigenlijk weten?' Een sterke vraag, vond ik zelf, want hoewel ik niet geïnteresseerd was in het antwoord, zou nadenken over het waaróm van dit soort vragen hem er wellicht van weerhouden me verder te vervelen.

Goed. De welsprekendste stem van mijn generatie. Een door zijn ouders verlaten liefdesbaby van vader tijd en moeder maatschappij zou ik genoemd worden. Er zouden universitaire vakken gegeven worden over de motieven in mijn literatuur, Oprah zou mijn werk behandelen in haar programma. Ze zou me natuurlijk uitnodigen, maar ik zou vriendelijk bedanken voor de eer. Geen televisieoptredens voor mij. Aan mijn kunst zou ik genoeg hebben. Misschien een legendarische aflevering van *Zomergasten*, maar daar zou het bij moeten blijven.

'Nou, gewoon. Dat hoort een beetje zo, toch?'

Ik wist even niet waar hij het over had. Ik wilde het niet weten. Namen. Mijn naam. Waarom hij mijn naam wilde weten. Dat hoort zo. Een fan van conventies. Zo ken ik er nog eentje. 'Juist, dat hoort zo. "*And custom is the great guide of human life*", nietwaar?'

Hij keek paniekerig. Geen wonder. Het was al onmogelijk dat deze man ooit van een willekeurige Griek als Plato gehoord zou hebben, laat staan van achttiende-eeuwse empiristen uit Schotland. 'David Hume.'

Uit zijn hele wezen wasemde onbegrip over waarom ik met een verlichtingsfilosoof strooide en niet gewoon mijn naam zei. O, mensen die niet denken maar volgen. Die mogen van mij als eerste tegen de muur als de revolutie komt.

'Ja,' zuchtte hij een beetje verlegen en hij ontweek mijn blik door naar de bomen langs de weg te staren. Zijn donkerbruine irissen schoten heen en weer als vliegen in een glazen potje.

Ik kon een grijns niet onderdrukken. Jij kan het waarschijnlijk ook niet helpen, dacht ik, en begon in mijn tas naar mijn boek te zoeken. Als je eenmaal modder in je hoofd hebt, zet zich dat heel moeilijk om in hersenweefsel.

Er klonk een gilletje en vervolgens uitte hij een oeverloze woordenstroom waaruit ik alleen de woorden 'mee naar huis', 'neuken' en 'in mij komen' kon destilleren. Het was meer dan genoeg. Er waren grenzen overschreden waarvan ik het bestaan niet eens wist. Wat was dit voor walgelijk iemand? Zelfs krankzinnigen zouden toch moeten kunnen begrijpen waar de grens ligt? Ik heb mijn grenzen altijd als een onmetelijke bergketen gezien: een sterveling mág eroverheen maar wíl het niet. Niemand behalve ikzelf weet waar ze beginnen en waar ze eindigen, niemand heeft het ooit willen uitproberen. Voor deze man was het nodig een grenspost op te richten. Een slagboom met een vlezige, tot de tanden bewapende Rus ernaast ter bewaking. [Mooi! Bruikbaar voor roman?] Een directere aanpak was blijkbaar nodig.

'Wil je alsjeblieft niet meer tegen me praten?' Ik haalde het boek uit mijn tas. 'Nooit meer, graag.'

Hij protesteerde een beetje, maar ik was er niet van gediend.

'Ik meen het!' zei ik, en keek zo streng mogelijk. Hij gedroeg zich als een kind, dan moest ik hem ook zo afstraffen.

Ik keek naar wat ik in mijn handen had. Het was geen boek, maar een notitieblok. Nou ja. Prima. Notities maken. Voordat ik bij *Zomergasten* terecht kan om onwetenden van de verborgen schoonheden van de Bulgaarse cinema of het gedurfde experiment van Stan Brakhage te laten proeven, moet er eerst een debuutroman komen.

Denken, ik moest denken. Ik wilde eindelijk een definitief onderwerp hebben. Ik weet wel hoe het idee voor een boek groeit en zich ontwikkelt tot een volwaardig concept. Ik weet het, ik legde dat net zelf uit. Maar dat proces is bij mij nu al vier jaar in volle gang en er is nog steeds niets vastomlijnd. Mijn geduld begint op te raken.

Ik kraste wat willekeurige hersenspinsels op papier, in de hoop dat het succesnummer er eindelijk eens tussen zat. Ik bladerde door eerder beschreven bladzijdes. Er was niks bij wat me ook maar een eigen pagina op Wikipedia zou bezorgen.

Hij jamaarde. Hij gedroeg zich als een kind. Een buitenproportioneel dik, lelijk, ongemanierd en oud kind, dat niet begreep wanneer papa even geen tijd voor hem had.

'Zeg,' zei ik, zoals je tegen een stoute hond zou praten. Of tegen een buitenproportioneel dik, lelijk, ongemanierd, oud kind. 'Wie denk je dat je bent dat je tegen me praat? Daar heb ik helemaal geen behoefte aan. Je mag misschien te simpel zijn om dat te beseffen, maar ik mag hopen dat je niet ook te gehandicapt bent om gewoon voortaan je bek te houden. En ga in godsnaam ook ergens anders zitten morgen, want ik heb last van je.'

Ik had last van hem. Normaliter ga ik niet snel voor de directe aanpak, maar de enige manier om hem wat duidelijk te maken was door het letterlijk te zeggen. De boodschap leek eindelijk aangekomen te zijn, want hoewel ik hem niet zag omdat ik intens naar 'seksuele affaire tussen verfijnde homo en lelijke idioot → eeuwige haat-liefdeverhouding tussen de schone kunsten en de harde realiteit' staarde alsof ik er zo prijswinnende boekpotentie uit kon persen, ik hoorde hem wel. Hij snifte en murmelde iets onverstaanbaars door zijn tranen heen. Hij huilde en zelfs dan kon hij zijn mond niet houden.

Ik besloot de eer aan mezelf te houden en ergens anders te gaan zitten. Ik weet heus wel dat een artiest moet lijden voor zijn kunst en dat ik nog niet genoeg geleden heb, maar niemand mag me vragen een huilende gek te tolereren die mij het werk onmogelijk maakt. Ik kraste het affaire-idee door. Misschien moest ik meer aan iets utopisch denken.

7

Ik kan het niet helpen. Ik vind het gewoon ontzettend gezellig. Het wordt me iedere dag wel duidelijk gemaakt dat ik de enige ben die ervan geniet, maar dat doet nauwelijks iets af aan de sfeer. Ze kunnen er ook niet echt iets aan doen, het is nog vroeg, en je hoort vaak dat jonge mensen zich tegenwoordig pas ná elf uur 's ochtends realiseren wat ze aan het doen zijn. Daar heb ik gelukkig geen last van. Ik realiseer me altijd wat ik aan het doen ben, zelfs als ik slaap. Juist als ik slaap, misschien wel. Slapen vind ik tijdsverspilling. Er valt zoveel moois te beleven als je kwiek en wakker bent. Ik zie iedere morgen vanuit mijn keukenraam de zon boven de velden opkomen. Daar geniet ik gewoon van.

Andere mensen genieten van de liefde bedrijven, op vakantie gaan of uitgebreid dineren met vrienden, kinderen en kleinkinderen. Ik heb andere geneugten, die heus niet minder zijn dan die van anderen. Een hele pot koffie, voor mij alleen. Mijn poes Ferdinand zien opgroeien. Bloemen uit het veld achter mijn huis plukken, ze schikken en de bosjes overal in huis zetten. Dat is heus niet minder waardevol dan de dingen waar anderen geluk en voldoening uit halen.

Mensen denken weleens dat ik ongelukkig ben. Buren vragen of het huis niet veel te groot is voor mij alleen en of ik niet eens op een flatje moet gaan wonen. Maar ik moet niet op een flatje gaan wonen. Het huis is niet veel te groot voor mij alleen. Ik woon er al dertien jaar alleen en ik heb me geen moment ongelukkig of eenzaam gevoeld. Nou, heel af en toe, misschien. Maar ik red me prima. Príma.

Ze kunnen me niet verwijten dat ik nooit onder de mensen kom. Ik kom iedere dag onder de mensen, hier in de bus. Er is bijna altijd wel iemand die met mij wil praten. Ik stap gewoon in, ga zomaar ergens naast iemand zitten, en dan ontstaat er vaak vanuit het niets een gesprekje. Heel ongedwongen en gezellig gaat dat. Kinderen die met de bus naar school gaan, sommigen omdat ze voor hun geloof naar een speciale school gaan, anderen omdat ze Latijn willen leren, weer anderen omdat ze niet meer welkom waren op de school in hun eigen dorp. Er zijn heel veel scholen hier in de buurt. Dat had ik niet geweten als ik nooit aan de praat raakte, zo in het openbaar vervoer. Heerlijk. Het houdt je jong vind ik, hoor.

Soms praat ik met mensen die op weg zijn naar hun werk, en ik heb een keer gesproken met een jongen die op weg was naar een debattoernooi. Ik wist niet eens dat zoiets bestond. Zo leer je nog eens wat. Dat was een aardige jongen. Ik zie hem nog af en toe in de bus, maar ik heb nooit meer de kans gekregen om te vragen hoe het nou uiteindelijk afgelopen is met dat toernooi. Ik heb een keer gekletst met een jongeman die een boek aan het schrijven was, en hoewel hij niet erg spraakzaam was, heb ik hem toch gevraagd om er eentje voor me te signeren, als het af was. Ik zal hem eens vragen hoe het ermee staat. 'Wanneer kan ik mijn gesigneerde exemplaar tegemoet zien?' zal ik hem vragen. Dat zal hij wel leuk vinden. En de homo, die ken ik ook. Die vertelde trots dat hij de enige homo van het hele dorp was. Ik moest een beetje lachen en zei dat hij misschien wel de enige, maar echt niet de eerste was. Toen heb ik hem verteld hoe mijn man hem voor is geweest, maar we konden er niet echt over doorpraten, want hij moest al uitstappen. Nou goed, je maakt wat mee, zo in het ovéé.

Ik zat nu niet zo goed om gezellig aan de praat te raken. Het knulletje naast wie ik was gaan zitten is me niet onbekend: ik heb al eens eerder geïnteresseerd naar zijn doen en laten gevraagd, maar hij heeft zijn muziek altijd dusdanig hard staan dat hij me niet kan horen. Aan de andere kant van het gangpad ging een moeder met een allerschattigst meisje zitten. Misschien zouden zij wat socialer zijn dan de jongen en zijn ritmische gebonk naast me. Zo lomp vind ik dat soort geluidsoverlast. Ik tikte op zijn schouder. Hij pulkte verstoord een dopje uit zijn oor en vroeg met een beweging van zijn wenkbrauwen wat ik van hem wilde.

'Zou je je muziek misschien wat zachter willen zetten? Dat is beter voor je oren en fijner voor de mensen om je heen.'

Hij rimpelde zijn neus. Het maakte zijn door de puberteit geterroriseerde gezicht er niet mooier op. 'Ik wil mijn muziek wel zachter zetten als u voortaan uw tanden poetst voordat u van huis gaat.'

Nou. Nou ja zeg. Hoe moet je nu op zoiets antwoorden? Grievend. Gríevend. Ik heb nooit een van die mensen willen worden die de hele dag sipjes voor zich uit staren en zich met een betraand zuchtje afvragen waar het toch heen gaat met jeugd, maar ik begrijp die mensen op dit soort momenten wel. Dit jaagt je onontkoombaar in die houding. Ik heb in mijn leven nog maar zelden zoiets onbehoorlijks gehoord, ook al vousvoyeerde hij me wel. Onbehouwen bruut. Ik keerde hem de rug toe.

Het kleine meisje was een overenergieke schreeuwlelijk. Ze danste op de bank, gilde en negeerde haar machteloze moeder. Ik zou dat toch beter gekund hebben, kinderen opvoeden. Ik heb er regelmatig om gehuild de afgelopen veertig jaar, dat mijn man mij nooit kinderen heeft willen geven, maar ik heb ermee leren leven. Hij kon het ook niet helpen. Al mijn vriendinnen gingen aan de kinderen en er ging geen gezamenlijk kopje koffie voorbij dat ze me niet vroegen of ik er geen wilde. Willen was het probleem niet. Aan mijn kant niet, in ieder geval. Herbert had waarschijnlijk ook wel een paar zoontjes door het huis willen zien rennen, maar hij heeft nooit ons huwelijk willen consumeren, en het één sluit het ander in zo'n situatie uit.

Ik had al vrij snel door wat er met hem aan de hand was, hijzelf heeft er wat langer over gedaan. En toen was hij ineens weg, na zevenentwintig jaar huwelijk. Had hij een leuke jongen gevonden in de stad. Ik gunde hem wel wat levensgeluk na zevenentwintig jaar in een schijnhuwelijk gevangen te hebben gezeten, dus ik heb er nooit een probleem van gemaakt. Hij is onlangs hertrouwd, met die jongen. Ontzettend leuke knul. Ik krijg met kerst en mijn verjaardag nog ieder jaar een kaartje van ze.

De moeder sloeg een tijdschrift open, terwijl achter in de bus haar dochter uit haar broekzak een krijtje haalde en er de zijkant van een bank mee bewerkte. Ze leek de opvoeding al opgegeven te hebben. Zo zonde. Zo jong nog, en dan al opgegeven worden, enkel omdat je zo levenslustig bent. En niet alleen voor haar, doodzonde voor ons allemaal. Mijn oren piepten van haar gekrijste toelichting bij haar tekening. Nadat ze ook de prullenbak geleegd had en de buschauffeur in zijn oor had gegild, kon ik me niet meer beheersen.

'Misschien kun je...' Het floepte er al uit voordat ik er erg in had, en ik verwachtte een snibbige 'Waar bemoei je je mee?' voor ik mijn zin af kon maken. Ze keek daarentegen geïnteresseerd op en vroeg me wat ik wilde zeggen. Ik stelde voorzichtig voor dat ze haar dochter misschien wat meer in de hand zou kunnen houden.

Was ik te hard geweest? Ik had het anders moeten zeggen,

minder bemoeizuchtig. Misschien moest ik eraan wennen dat ik me niet meer met andermans tekortkomingen mocht bezighouden.

Er volgde geen scheldkanonnade, maar ze riep haar dochter. Vijf keer. Toen kwam de peuter aangerend.

'Iva,' zei ze afwezig, terwijl ze de troep van haar trui veegde, 'dat mag allemaal niet. De mensen hebben last van je. Die mevrouw,' ze wees met een onduidelijke handbeweging naar mij, Iva draaide zich om en stak haar tong uit, 'heeft last van je.' Ze nam met veel moeite haar dochters speelgoedkrokodil af en deed een vage belofte dat ze die wel weer terug zou krijgen als ze braaf zou zijn.

Nou, dat was duidelijk. Er was dus waarschijnlijk geen kwaadaardige cel in Iva's uitputtend beweeglijke lijfje. Haar moeder had met haar onvermogen haar gehele karakter verwoest. De rook boven de ruïnes van wat een heel lief meisje had kunnen zijn, was bij wijze van spreken nog te ruiken.

Iva hing gillend aan een stang. Ze was blijkbaar niet in staat om iets zwijgend en in een rustig tempo te doen. Dit was bijna kindermishandeling. Ik wilde niet werkeloos toezien, en had dat waarschijnlijk niet eens gekund als ik het had geprobeerd.

'Mevrouw?' Ik had haar aandacht. 'Is dat uw manier van disciplineren?' Ik probeerde het zo geïnteresseerd en aanmoedigend mogelijk te laten klinken, maar het mislukte.

'Nee. Geenszins,' zei ze. Ze ging verzitten zodat ze volledig naar me toegekeerd was. 'Ik ben er niet voor gemaakt, voor opvoeden. Ik heb het weleens geprobeerd, maar het mislukt altijd. Ze gaat huilen als ik iets zeg. Ik kan niet tegen huilende kinderen.' Haar blik dwaalde af richting het raam achter mij. 'Als ik eerlijk ben,' murmelde ze nog.

Ik pakte mijn tasje op en ging naast haar zitten. Zodra ik mijn billen gelicht had, smeet de jongen zijn rugzak op mijn voormalige stoel. Ik zakte neer naast de moeder en besloot, om het gesprek niet prematuur te doen stranden, in haar buurt wat oppervlakkig adem te halen. Richting het gangpad. Huilende kinderen. Ze verpestte haar eigen leven en de toekomst van haar dochter, omdat ze niet tegen huilende kinderen kon. Een snotterige nies in het gezicht van het moederschap, dat was deze vrouw.

'U hebt echt geen idee, hè?' vroeg ik haar. 'Ze kunnen zo leuk zijn.' Ik graaide wat dooddoeners over de schoonheid van het hebben van kinderen uit de oude doos die mijn voormalige vriendinnen vroeger eindeloos mijn kant uit smeten. Ik kon ze nog letterlijk oplepelen. Ze keek me geïntrigeerd aan.

'Prachtig, als je het mij vraagt. Jammer dat die van u zo verpest is,' besloot ik.

Ze keek haar dochter na, die krijsend en huppelend het gangpad terroriseerde. Haar natuurlijke gezichtsuitdrukking was al niet bijzonder warm, maar in haar blik was ook nog eens geen sprankje liefde of genegenheid te bekennen.

'Ik wil wel een poging wagen, hoor.' Ja. Ik wilde een poging wagen. Ik wist dat ik het zou kunnen, dat ik een geboren moederende oma zou zijn, als iemand mij de kans zou geven. Ze leek me maar half gehoord te hebben. Ik kreeg kriebels in mijn buik. Mijn oude vriendinnen – inmiddels allemaal overleden of verlaten door hun kinderen en kleinkinderen, wegterend in een verzorgingstehuis – zouden me nu eens moeten zien. 'Om het goed te maken, bedoel ik. Om de schade ongedaan te maken. Zou niet al te moeilijk hoeven zijn, denk ik. Ik heb er ervaring mee.'

Ik weet niet waarom ik dat laatste zei. Nou ja. Ik weet eigenlijk wel waarom ik dat laatste zei. Om mezelf als een doorgewinterde lievelingsoma te laten klinken. Een beetje streng, maar met de lekkerste koekjes in de hele wereld en met een groot sprookjeshuis naast een dierentuin. Ik keek naar het meisje. Ik zou het kunnen. Na al die jaren toezien hoe mijn vriendinnen het deden, zou ik het ook kunnen.

De moeder sputterde wat tegen, maar ik wilde deze kans niet voorbij laten gaan. Ik verzekerde haar dat ze er niet van wakker hoefde te liggen en zocht in mijn tasje naar pen en papier. Ik schreef mijn gegevens op. 'Dat is dan geregeld. Hier kunt u ons vinden.'

Tijd voor de eerste kennismaking met Iva. Ze stond kirrend over iemands bankje heen gebogen. Ik klapte in mijn handen en zwaaide met de krokodil die de moeder me had gegeven. 'Iva! Hier komen.'

Ze keek verstoord op en kwam nieuwsgierig aangerend.

'Je gaat een paar daagjes uit logeren bij mij, Iva. Zeg maar dag tegen mama, want wij moeten er hier uit.'

Iva keek even verstrooid, knikte en zei gedag. Ik nam haar aan de hand mee naar buiten.

'Een konijntje! Daar!' zei ze stralend, terwijl ik haar de trap af hielp.

Ik pakte haar hand wat steviger vast. Het zou allemaal goed komen met haar. Daar zou ik wel voor zorgen.

8

Het valt me geregeld op hoezeer de bus het aseksueelste vervoermiddel denkbaar is. Nou, goed. Samen met tandems, misschien. Maar die tellen niet, want daar komen alleen bejaarden mee weg. Een bus is groot, lawaaierig en iets om serieus rekening mee te houden vóór je zomaar een straat oversteekt, en als je erin zit moet je hem delen met een heleboel stomme, stinkende mensen. Ik hou niet van delen met stomme, stinkende mensen. Vooral dat stinken, daar zit ik echt mee. Hoeveel moeite kost het om even iedere ochtend met de deodorant in de weer te gaan? Om voor vertrek een tandenborstel door je snaveltje te halen? Om je natte hond een keer níet met je eigen garderobe af te drogen? Het kan niet zo moeilijk zijn.

Dat maakt de toewijding waarmee medereizigers mij altijd de bus uit proberen te stinken zo verbazend. Ik heb nooit 'U stinkt. Doe er iets aan,' durven zeggen. Zoiets zeg je niet. Stinken is het laatste taboe in Nederland, niet bestialiteit. Dat mag duidelijk wezen.

'Zeg. Haal jij die tas eens weg.'

Ik begreep even niet wat er aan de hand was. Dimitri bleek ingestapt te zijn. Ja, dit was Dimitri's halte. Dimitri. Frisgewassen Dimitri. Goed te verdragen op de vroege morgen. Al de eerste keer dat hij naast me kwam zitten was er niks op hem aan te merken. Hij is nooit opdringerig geweest, heeft nooit viezig naar me geloerd, en het eerste wat hij ooit tegen me zei ging over de belachelijkheid van iemands haardracht. Daar win je punten mee bij mij. 'Jij mag in de bus naast mij zitten'-punten, want er zijn nou eenmaal grenzen.

Hij keek wat afwachtend naar me en had me dus blijkbaar een vraag gesteld waarvan de strekking me was ontgaan.

'Die. Daarheen. Als de wind.'

Ach ja, mijn tas blokkeerde de stoel. Oorspronkelijk om stinkerds uit de buurt te houden, maar voor iemand zo geurloos als Dimitri ben ik heel gastvrij. De mensen in het gangpad begonnen zich op te hopen. De meneer achter hem duwde een beetje tegen hem aan. Ik wist hoezeer Dimitri dat soort intimiteiten op prijs stelt, dus ik deed rustig aan met het wegzetten van mijn tas. Gewoon, om een beetje te stangen. Terwijl ik de tas tussen mijn benen plantte, draaide hij zich ineens om en zuchtte zijn aanrander met volle kracht in het gezicht. De man deinsde achteruit, waardoor de hele rij elkaar in een domino-effect ongewenst betastte. Tevreden zeeg Dimitri neer in zijn beoogde stoel. Een paar tinten bleker beende de meneer zo ver mogelijk naar achteren door.

De jongen kende geen schaamte. Geen enkele schaamte. Hij zette zijn tas op de grond en legde een doosje op zijn schoot neer. Terwijl hij zijn jas losritste keek hij me aan. Hij bleek zich zelfs niet voor zijn gebrek aan schaamte te generen, toen ik hem ermee confronteerde.

'Schaamteloosheid is een prachtige karaktereigenschap,' zei hij. 'Eentje om te koesteren.'

Hij had waarschijnlijk wel gelijk, want die meneer had het verdiend. Aan de andere kant: als niemand zich meer voor zijn zweetlucht zou schamen, zouden deodorants aller landen een eenzaam en verstoft bestaan leiden. Mijn neus en ik zouden dat niet overleven.

Dimitri frunnikte wat aan de doos op zijn schoot. Ik had de

plaat gisteren bij thuiskomst meteen opgehangen, boven de uitgestalde verzameling van zijn andere cadeautjes. Die verzameling geeft me vaak een wat ongemakkelijk gevoel, want ik begrijp niet goed waar hij nou al die moeite voor doet. Nou ja, ik begrijp wel waar hij al die moeite voor doet, maar ik begrijp zijn strategie niet. Wie investeert er zoveel geld in tientallen presentjes, zonder me ooit mee uit te vragen? Zonder mijn telefoonnummer op te eisen? Zonder mijn tieten te willen zien? Maar ik klaag verder niet, want de leukheid van zijn wekelijkse pakjes bleek een paar maanden geleden zelfs de glans van mijn verjaardagscadeautjes een beetje aan te tasten. Om onverklaarbare redenen is het krijgen van een gevraagde dvd-speler veel minder leuk dan het onverwacht krijgen van een glazen eenhoorn. En zolang hij me er niks voor terugvraagt, zie ik niet in waarom ik ze zou moeten weigeren.

'O!' riep ik, in een nieuwe poging zijn ware intentie boven tafel te krijgen. 'Olivia laat me nog vragen of je wel goed ontbeten hebt vanochtend. Het ontbijt is de belangrijkste maaltijd van de dag, zei ze, en nu ze er niet meer is om je te controleren is ze een beetje bezorgd om je.'

Hij leek heel blij dat ik het onderwerp ter sprake bracht.

'Heel attent, maar ze hoeft zich geen zorgen te maken. Twee boterhammen, één met kaas en één met gebraden gehakt, plus een glaasje multivruchtensap.'

'Zal ze fijn vinden om te horen,' antwoordde ik maar. Ik had hem genoeg kans gegeven mij tevergeefs uit te nodigen voor zijn ontbijt morgenochtend, maar het was zijn verantwoordelijkheid als hij die aan zich liet voorbijgaan. Ik begreep er alleen niets van. Er waren wel eerder mensen geweest die me wilden, of dat nou alleen om mijn lichaam was, of omdat ze het idee hadden dat we voor elkaar gemaakt waren. Ze kwamen weleens langs om mijn computer te repareren of om het huiswerk te brengen dat ze voor mij gemaakt hadden. Maar geen van hen had enige twijfel laten bestaan over hun motieven. De meesten waren met een innemende glimlach of een armstreling wel weer tevreden tot ze bij een concrete versierpoging afgewezen werden, of tot ze gewoon hun interesse in mij verloren. Een enkele aanhouder heb ik me laten zoenen, of mocht eventjes aan mijn beha peuteren. Het was altijd hoe dan ook glashelder wat ze wilden, en ze deden alles om me dat ook persoonlijk duidelijk te maken. Niemand heeft me ooit de mooiste cadeautjes gegeven, om vervolgens als even goede vrienden weer te vertrekken, onduidelijk wanneer de volgende rendez-vous weer zou zijn. Ik vind het verwarrend, want waar ik bij iedere andere jongen altijd met één oog naar buiten of naar *As The World Turns* keek, lijkt Dimitri meer waard dan mijn desinteresse. Al was het alleen maar door zijn mysterieuze aanpak.

Na enige tijd zag ik tot mijn schrik dat Dimitri helemaal niet aan het doosje op zijn schoot frunnikte. Het bewoog uit zichzelf. Wat had hij in godsnaam meegenomen? Een rat? Om een of andere reden vond ik het net iets voor hem om een rat mee de bus in te nemen.

'Wat heb je daar?'

Hij keek me aan met die blik, die ene blik die hij me meestal maar één keer per week zendt. Een onwaarschijnlijke, maar sierlijke mix van zelfingenomenheid en behaagzucht, met een vleugje 'O, o, o, dit ga je leuk vinden', geserveerd op een bedje van fonkelende pretoogjes. Dit kon geen rat zijn.

Ik griste het uit zijn handen en probeerde te ontdekken wat erin zat. Deze jongen. Niet te geloven. Ik schudde voorzichtig met het doosje, maar kreeg meteen een uitbrander van Dimitri.

‘Dat zou ik maar niet doen. Daar wordt ie misselijk van.’

Ik snorkte een beetje bij het idee dat de inhoud van het doosje van de rest van de busrit niet al kotsmisselijk geworden zou zijn, wat het ook was dat misselijk kon worden. Ik hoopte niet dat hij me door dat snorkje ondankbaar zou vinden, want dat was ik niet. Alles kriebelde in mijn buik. Voorzichtig tilde ik het deksel van de doosje. Het was een klein doosje, dus wat erin zou zitten kon ook niet al te—

Het was een konijntje.

Hij had een konijntje voor me gekocht.

Een grijsbruin konijntje. Met alles erop en eraan. Oortjes, heel erg mooie kleine oortjes. En een wiebelende grijsbruine neus. En gitzwarte oogjes, en pootjes, heel kleine pootjes. Zo’n konijntje waarvan je weet dat hij, ook al past hij in de kom van je hand, alle ruimte in je hart gaat opeisen. Dat je nooit meer in staat zal zijn van een ander te houden. Hoe had Dimitri in godsnaam een konijn voor me kunnen kopen?

Ik piepte en kirde wat, maar wist niet of Dimitri nog reageerde, want ik haalde het beestje uit zijn verpakking en zijn zachte vacht deed me heel even alles vergeten. Al het wereldleed, aidswezen, wegterend regenwoud, uitstervende talen, long-, borst- en prostaatkanker, circusberen, de naderende apocalyps, alles smolt eventjes weg bij het ruiken en voelen van dit beestje. O, wat was ie zacht.

Ik had blijkbaar iets te hard gegild, want Dimitri stak zijn hand uit om hem van me af te nemen, maar de diepste moederinstincten hadden al bezit van me genomen en ik siste zijn hand bij me weg.

‘Hoe heet ie?’ Ik hoopte niet dat hij mijn konijntje al een stomme naam gegeven had, maar ik wist dat hij zoiets nooit zou kunnen doen.

‘Geen idee, roep eens iets.’

Ik riep iets. 'Meneer Sniffels?'

Dimitri en mijn bewustzijn keurden het af. Alleen vervelende mensen in vervelende televisieseries uit de jaren negentig noemden hun huisdier iets met 'Meneer'.

Ik hield het beestje zo dat ik hem recht in de ogen kon kijken en noemde wat willekeurige namen die me gepast leken voor een konijn.

Mijn inzet was niet goed genoeg, dat liet Dimitri wel blijken. Bij ieder ander zou ik misschien wel gekwetst zijn door een dergelijke veeleisendheid. Bij hem voelde het meer alsof hij het beste aan konijnennamen in me naar boven wilde halen, en bovendien had hij het konijntje voor me gekocht, dus hij mocht de lat best hoog leggen. Mijn nieuwe konijntje mocht met zijn onredelijk hoge opvreetfactor de lat best hoog leggen.

'Zahara? Dries? Páprika? Wubbo? Claudine Longet?'

Niets wat ik riep voelde goed.

'Het heeft misschien wat tijd nodig, een goede naam vinden,' zei Dimitri.

'Wees niet bang, ik bedenk nog wel wat,' fluisterde ik zachtjes tegen mijn nieuwe allerbeste vriend.

Dimitri had een konijntje voor me gekocht. Ik begreep het niet. Hoe kun je zo iemand zijn? Iemand die zomaar een konijntje voor een ander koopt? Ik streek over zijn neusje. Ik had nog nooit zoiets zachts onder mijn vingertoppen gehad. Dit was toch wel het koninginnetje van alle levensverrijkende zaken die Dimitri me ooit gegeven had.

Ik keek heel even naar hem, naar hoe hij naar het beestje in mijn handen staarde. Ik zit dan natuurlijk wel in New York zo gauw als het leven me de kans biedt, maar het is goed om te weten dat iemand dat leven hier draaglijk houdt, tot het zover is. Iemand die babykonijnen voor me koopt.

‘Zeg maar “Dag!” tegen Dimitri. Dag!’ We naderden zijn halte en ik wilde hem een waardig uitgeleide geven. Met zwaaiende konijntjes.

Hij pakte zijn spullen en wilde opstaan, toen ik me realiseerde dat ik hem nog helemaal niet behoorlijk had bedankt.

‘Niet meer doen, dit soort dingen. Echt niet, hoor. Ik heb namelijk geen idee waar ik dit aan verdien of hoe ik ooit iets voor je terug kan doen. Ik schaam me dood.’ Een halve waarheid misschien, maar ik bedoelde het goed.

‘Dat is niet mijn probleem.’ Hij trok zachtjes aan het oortje van mijn konijntje. Hij zou een hele goede vader zijn, schoot me plotseling te binnen. Ik schrok van mezelf. Ik ben niet iemand bij wie dat soort gedachten door het hoofd schieten. Báh.

Ik zette het beest voorzichtig weer in zijn doosje, en spoorde hem aan Dimitri nog even iets liefs te beloven. ‘Zeg maar “Tot snel!” tegen Dimitri. Tot snel!’

9

'Hans,' zei moeder altijd toen ik nog op school zat, 'laat je niet kisten door die grote jongens. Het is niet aan jou ze te veroordelen. Er is maar één Rechter die veroordeelt, zijn naam is Jezus Christus en Hij huilt als jij pijn hebt.'

Ik mocht dus niet vechten van moeder. Want dan zou ik pijn krijgen en Jezus Christus aan het huilen maken. Jezus zou voor mij veroordelen. Dat was ongeveer hetzelfde. Zei ze.

Vooral Gertje had ik graag geschopt of gebeten. Hij had rood haar en was veel groter dan ik en hij sloeg mij als ik iets tegen hem zei. Waarom hij 'Gertje' heette en ik 'Hans', terwijl hij toch zoveel groter was dan ik, bijvoorbeeld. Zoiets vroeg ik dan, heel lief, en dan kreeg ik een optater van zijn grote rode handen. Ik mocht niks terug doen van moeder. Alleen Jezus Christus mocht Gertje trappen of bijten, dacht ik.

Ik vroeg aan de meneer die praatte op moeders begrafenis wie Jezus Christus was en waarom hij wel mocht schoppen. Die meneer zei dat Jezus Christus de zoon van gort was en heel veel van me hield. Hij zei dat Jezus Christus niet schopt. Dat hij veroordeelt en dat dat heel iets anders is. Dat alles goed zou komen als ik het aan Jezus Christus over zou laten. Ik vond het fijn om dat te horen. Jezus Christus hield zoveel van mij dat hij alles voor me zou regelen.

Daarom ben ik vanmorgen weer om half zeven opgestaan. Ik wou gisteren eerst niet meer, want ik was nog boos over de grapjes die hij gemaakt had. Tot ik gisteravond tijdens een boterhammetje met rozenbotteljam ineens weer aan Jezus Christus dacht. Ik was hem alweer een beetje vergeten. Die zou alles voor me goedmaken. En ik hoefde er niks voor te doen. Ik kon het aan Jezus Christus overlaten om hem voor zijn grapjes en zijn stomme boek te straffen. Ik kon dus tóch weer tegenover hem gaan zitten, in de bus. En de eendjes hoeven me niet te missen, met die instelling. En dat is belangrijk, hoor. Je instelling. 'Met de juiste instelling is de halve klus geklaard,' zei moeder altijd.

Ik weet niet goed welke klus hier dan bij hoort, maar moeder heeft het gezegd.

Hij maakte me niet meer ziek als ik naar hem keek. Gisteren was ik nog misselijk geworden. Nu voelde ik me weer licht vanbinnen. Zoals normaal. De zon scheen door het raam op zijn hoofd. Iedere lok leek nog geler dan de ander. Alles aan de linkerhelft van zijn gezicht schitterde ervan. Ik kon even niet anders dan naar hem kijken. Hij keek naar de bomen langs de kant van de weg. Ik zag dat, want het blauw van zijn ogen schoot heen en weer.

Het boek. Het boek was weg. Behalve zijn rechterhand lag er niets op zijn schoot. Ik sloeg mijn handen voor mijn mond zodat ik niet zou piepen van geluk. Hij deed dat natuurlijk voor mij. Hij had zijn boek thuisgelaten voor mij. Omdat hij wist dat ik niet hou van wat erin gebeurt.

Hij draaide zijn hoofd mijn kant op en glimlachte naar me. Even stopte alles. Mijn adem, het trillen van mijn benen, de bus. Toen die doorreed keek hij weer naar buiten. Alles was zo ontzettend mooi en alles kriebelde. De zon verdween achter gebouwen. Hij had spijt en hij hield van mij. Het was heel duidelijk. Hij hield van mij. Zoals moeder van mij hield. Ik wist alleen nog niet hoe hij heette. Het leek onbelangrijk, maar ik wist dat dat zo hoorde. Dat je elkaars naam moet weten als je van elkaar houdt.

'Hoe heet jij?' Ik schaamde me een beetje, want hij zou ook weten dat het niet belangrijk was. O, hij keek me zo aan. Hij vroeg eerst wie ik was. Dat begreep ik wel. Hij wilde natuurlijk ook weten wie ik was.

'Hans!' riep ik, mijn stem deed weer raar. 'Ik ben Hans en jij?'

Hij knikte en kuchte. 'Zo, Hánnes.' O, hij keek me zo ontzettend aan. Mijn naam. In zijn mond. 'Waarom wil je dat weten?'

Zie? Hij vond het raar dat ik het gevraagd had. Hij vond ook dat het niet uitmaakt hoe we heten. Wat kon ik nog meer zeggen? Alles wat ik zei zou verkeerd zijn. Ik probeerde aan zijn gezicht te zien wat hij wilde dat ik zou zeggen. Ik kon het niet zien, maar dat lag misschien aan mij. Ik moest gewoon maar eerlijk zijn. Dat is meestal het beste. Ik hoefde niet meer bang te zijn.

'Nou, gewoon. Dat hoort een beetje zo, toch?' Ik giechelde. Ik wou dat ik niet had hoeven giechelen.

Hij hield zijn hoofd een beetje schuin. 'Juist, dat hoort zo. En kustemis dekreet kaid of joemen laifniet?'

Ik deed echt mijn best, maar ik had geen idee wat hij zei.

'Deevid joem?'

Was dit een vraag? Vroeg hij me iets? Had hij zijn naam gezegd? Had ik iets gemist? Ik voelde dat de stof van mijn bloes onder mijn oksels een beetje nattig werd. Hij had me duidelijk iets gevraagd, want hij keek me afwachtend aan en begon al wat teleurgesteld met zijn hoofd te schudden. Ik knikte maar wat en antwoordde van ja. Goddank, hij lachte en zuchtte.

'Jij kan het waarschijnlijk ook niet helpen.' Hij legde de tas die tegen hem aangeleund stond op zijn knieën en begon er iets in te zoeken. Dit kon ik niet laten gebeuren. Hij mocht geen nieuw boek pakken. Dat zou alles weer verpesten. Het mocht niet verpest worden. Hij mocht me niet weer vergeten.

'Zal ik zo met jou mee naar huis gaan? Of wil jij liever met mij mee? Dat mag ook, hoor. Ik heb alleen niet opgeruimd. Ik moet eerst even afwassen als je bij mij wil komen want ik heb geen schone kopjes meer. Maar dat kan, hoor. Ik kan afwassen.'

Het was allemaal al gezegd voordat ik tijd had om na te denken of het wel de goede woorden waren, en het ging zo snel dat ik over wat woorden struikelde, maar het kon me ineens niet zoveel meer schelen. Hij moest bij mij blijven, voor altijd. Daar konden we het beste vandaag maar mee beginnen.

Zijn wenkbrauwen wiebelden harder dan ik ze ooit eerder zag wiebelen, hij gorgelde kort en blies heel hard een beetje lucht uit. O, hij keek me zo recht aan.

'Wil je alsjeblieft niet meer tegen me praten?'

Ik verstond dit keer wel wat hij zei, maar het duurde even voor ik begreep wat hij ermee wilde zeggen. Hij trok een blok papier met een pen eraan uit zijn tas. Geen boek. Ik had me nergens zorgen over hoeven maken.

'Nooit meer, graag.'

Eerst dacht ik dat hij een grapje maakte. Zijn grapjes waren nou eenmaal raar. Maar toen ik 'Ja, nee, maar echt', wilde zeggen en hem de snelste weg naar mijn huis wilde vertellen, keek hij heel streng en maakte hij geluidjes als 'tub' en 'zib' die ervoor zorgden dat ik niet door kon praten. 'Ik meen het!' Zijn ogen leken bijna uit zijn gezicht te ploppen.

Ik staarde naar mijn vingers die velletjes van elkaar af pulkten. Hoe kon hij nou zo doen? Moeder had me wel verteld dat de liefde heel erg moeilijk was. Maar zo moeilijk? Hij hield van mij. Zo ging het toch nergens heen? Hij zou moeders graf dus niet te zien krijgen, hoor, als hij zo boos bleef doen. Ik durfde niet naar hem te kijken, maar voelde en hoorde hoe hij heel hard schreef en kraste.

Ik moest doorpraten. Hij hield van mij. 'Ja maar, ik vind dat wij...' Ik wist niet meer goed hoe ik de zin af moest maken.

Zijn hoofd schoot razendsnel omhoog, en hij zei allemaal gemene dingen met 'bek' en 'gortsnaam' en hij keek heel boos. Heel erg boos, en ik wist niet wat ik gedaan had om hem boos te maken. Vroeger had ik gevochten of iets kapotgemaakt, en dan werd moeder boos. Nu werden mensen boos als ik chagrijnig was of mijn huistaakje niet gedaan had. Ik wist dan waarom ze boos waren. Nu niet. Ik had niks fout gedaan, toch? Alles was nu toch goed?

Hij hijgde en boog zijn hoofd weer naar zijn blok. Hij schreef niks meer.

Ik moest huilen. Ik probeerde hem nog uit te leggen dat ik van hem hield, dat ik hier zat voor hem, voor hém, en dat hij best wist dat hij ook van mij en zo. Ik probeerde hem uit te leggen dat ik met hem mee wou naar kantoor, dat ik hem mee wilde nemen naar moeders graf, dat ik nooit meer met de bus wilde, maar altijd met hem ergens wilde zitten of liggen, dat ik eerst met mijn neus door zijn haren wilde voelen en er daarna gel in wilde smeren. Dat ik met hem een huisdier wilde nemen. Een poes of een konijn, maar een hamster was ook al goed, hoor. Geen hond, want ik ben bang voor honden.

Hij luisterde niet. Hij zuchtte heel hard, stond op en ging ergens anders zitten. Hij was weg. Hij wilde me niet meer. Hij was boos en ik mocht niet meer met hem praten. Nooit meer. Dat had hij gezegd. Dat weet ik nog. Ik moest mijn hoofd omhoog doen en mijn hele borst gebruiken om nog genoeg lucht te krijgen. Na een paar keer ademen was dat niet genoeg meer. Als Virginie, onze goudvis die ik toen ik elf was per ongeluk had opgegeten waardoor moeder boos was geworden, hapte ik in de lucht om de pijn in mijn borst minder te maken.

De bus stopte. Ik moest weg. De bus uit, even ergens zitten, de wind inademen. Ik stond op, viel bijna over iemands been en tolde het trapje af. Er was een stoep en terwijl ik daarop ging liggen bedacht ik dat ik mijn brood in de bus had gelaten.

De deuren sloten, de bus reed weg. Ik ademde uitlaatgas in. Iemand op hakken klakte achter mij voorbij, maar ik kon hem niet zien. Mijn gezicht lag in de richting van de weg. Op de stoep. Nooit meer. Nooit meer mocht ik met hem praten.

Woensdag de 20^e^

I

Geen idee hoe ze erop kwamen. Ik heb mijn rijbewijs niet eens. Niet omdat ik niet kan rijden, maar omdat ik nooit zin heb gehad om lessen te nemen. Ik heb er gewoon geen behoefte aan om een paar uur per week naast een dikke baard te zitten die met zijn gelige vingertjes mijn hand op zijn pook legt en me vertelt dat ik zo'n natuurtalent ben, met als voorwaarde dat ik een kort rokje aandoe. Ik heb dat gewoon niet nódig. Geen kwaad woord over het een en ander manipuleren door wat halfbloot been of tiet te etaleren, behalve als het wordt afgedwongen.

Verder kan ik trouwens prima autorijden, hoor. Dat heeft mijn vader me geleerd. Het enige probleem zou zijn om met mijn frisse jeugdigheid en strak gelakte nageltjes een overtuigende performance als doorgeroeste buschauffeur neer te zetten. Niemand mocht het in zijn hoofd halen dat ik misschien toch de bijzonder welgevormde zeventienjarige scholiere was die ik leek te zijn. Niemand. Anders lag ik eruit.

Gisteravond werd het me meegedeeld. We zaten met ons vijven in de kelder bij Frique thuis met een heleboel witte wijn en rode martini, en Potje moest met de nieuwe opdracht komen. Een maand geleden had zij namelijk meneer Darevic van biologie in het hokje van de amanuensis uit de kleren gekregen, en daar fotografisch bewijs van gemaakt. Inmiddels heeft ze de foto uitvergroot en hangt meneer Darevic klaar voor de start, in volle glorie in Friekjes kelder. Met een fantastische resolutie, ook nog. Niet alleen alle details en subtiliteiten van zijn enthousiaste pieleman zijn goed te zien, zelfs het kippenvel op zijn armen en het palet aan schrik, teleurstelling en de realisatie van het verraad in zijn donkere ogen komen er haarscherp in uit. Of je erbij was.

Ja, Potje had de opdracht die wij haar de week ervoor gegeven hadden glansrijk afgerond. Nu was ik aan de beurt en Potje mocht bedenken wat ik zou moeten doen.

Deze uitdaging was heel anders dan die ze normaal bedenken. Ik begreep ook niet zo goed waarom ik nou juist dit moest doen. Het was niet echt wild. Ik had liever zoiets gedaan als wat Taan twee maanden geleden moest doen, toen ze zich bij een stripclub naar binnen lulde en daar een nacht lang deed alsof ze vaste kracht was. Van het geld dat ze toegestopt had gekregen van haar gulle publiek vol eenzame geile mannetjes heeft ze echt supermooie nieuwe kleren gekocht én ons vieren mee uit eten genomen. Een groot succes was ze.

Flo heeft het de maand daarvoor met een veertigjarige BN'er gedaan. Ik kende hem niet, maar de rest wel, dus dat telde ook. En Frique heeft een clitpiercing in haar foef laten zetten waar haar ouders nog steeds niks vanaf weten. Dat soort opdrachten geven we elkaar altijd. Het vorige slachtoffer bedenkt de uitdaging, en dan kost het meestal een week aan onderling beraad om de details en de voorwaarden voor het slagen van de opdracht uit te werken. Als we eruit zijn, presenteren we het plan aan wie het bedoeld is op een avond in de kelder met veel witte wijn en rode martini. Dan krijg je maximaal twee weken om het uit te voeren en bewijs te verzamelen. Zo gaat dat. Dan laat je de rest je piercing zien, of het 'Een nacht om nooit te vergeten, dikke kus (je weet wel waar ;) Willekeurige Zanger Van Nederlandstalige Band'-kaartje, en mag je de volgende opdracht bedenken.

Jammer dat Potje die van mij moest bedenken, want ik mag haar niet zo. Ze is gewoon een raar wijf. Dat blijkt maar weer. In plaats van op de cover van een tijdschrift staan, of Lulletje Selius uit 6A drogeren en met een ingehuurde, bepruikte manhoer op de gevoelige plaat vastleggen voor in het familiealbum van de Seliusjes, moest ik ongemerkt een streekbus naar zijn bestemming en terug rijden. In een bizar lelijke diensttrui. Typisch Potje. Hoer.

Het regende. Ik stopte in een portiek aan de straat achter het station. Daar viste ik de spullen uit de leren schoudertas die ze me gegeven hadden. Mijn haar knetterde toen ik de grijze trui over mijn hoofd aantrok. Hij was veel te groot, maar ik stopte een stukje in mijn broek, zodat de rest van de trui er best mooi overheen viel. Ze hadden een pen in de tas gestopt om in mijn borstvakje te haken en een elastiekje om mijn haar in een knot te knopen. Ik had geen make-up opgedaan en ik wist dat de slapeloosheid, wijn en martini hun sporen op mijn gezicht hadden achtergelaten, zodat ik er een stuk uitgebloeider uitzag dan normaal.

In het voorvak zat een stapeltje kaartjes, een stempel en wat wisselgeld. Aan de voorbereiding van mijn vriendinnen zou het blijkbaar niet kunnen liggen. Zo nonchalant en uitgeblust door vijftien jaar trouwe dienst als mogelijk, slenterde ik naar de achterste in de rij donkere, op hun baasjes wachtende bussen. Driehonderdduizend potentiële obstakels schoten door mijn hoofd. Wat nou als ik de bus niet eens aan kreeg? Wat als het halverwege moeilijker zou blijken te zijn dan ik verwacht had? Wat als ik verkeerd reed? Het bord met het lijnnummer en de bestemming niet goed kreeg? De ruitenwisser niet kon vinden? Een kennis de bus in zou stappen? Dan zou het niet doorgaan. Dan zou mijn opdracht mislukken. Dan zouden ze me niet meer willen. Dan zou ik vrienden moeten worden met mensen die we haten, omdat ik niemand anders meer zou hebben. Ik slikte een opkomende kotsgolf weg. Niet aan denken. Sleutels. Waar had ik de sleutels?

Kwart over zeven. In de buitenspiegel zag ik door de druppels heen een buik met een baard vanuit het buschauffeursclubhuis mijn kant op sjokken. Het leek een midweek te duren voor hij eindelijk bij mijn bus was. Ik opende de deur. Het was aan hem af te zien dat hij niet tevreden was met hoe zijn dag verliep.

'Mweh?' zei hij, of iets in die geest. Ik vroeg hem met een minimale hoofdbeweging wat hij van me moest. Hij vroeg mij met een minimale hoofdbeweging en een knorretje wat ik hier deed.

'Ik doe deze vandaag. Heeft Mehmet me vorige week nog over gebeld,' zei ik, terwijl ik door de voorruit tuurde en liet blijken dat hij mijn tijd verspilde met een extra wolkje gas.

'Deze is van mij.' Hij haalde een gekreukt pakje shag uit zijn binnenzak en plukte er een frommeltje uit.

'Ja, ik doe ook maar wat me gevraagd wordt. Als het je niet bevalt, moet je bij Mehmet wezen.' Ik deed de deur weer dicht.

Hij likte aan zijn vloeipapiertje, draaide zich om en sjokte weg. Om ongetwijfeld niet naar Mehmet te gaan. Ik dankte mijn vriendinnen met mijn hele wezen voor hun grondige voorwerk, vond de hendel voor de ruitenwissers en gaste iets te hard naar de eerste halte.

Het viel wel mee. Een afslag naar rechts was bijna verkeerd uitgepakt omdat er een Fiat bij het stoplicht wachtte en ik de bocht wat ruim had genomen, maar over het algemeen mochten ik en mijn reizigers niet klagen. Ik nam me wel voor om nooit meer een voet in de bus te zetten. Vroeger, toen ik nog bij oma op bezoek mocht, ging ik iedere week met deze bus naar haar toe. Sindsdien was het er nooit meer van gekomen, en daar mocht ik achteraf gezien dankbaar voor zijn. Het was me toen niet opgevallen, maar ik had nog nooit zoveel lelijke, levenslustuitzuigende bibliothecarissen bij elkaar gezien. En naar bloemetjes ruiken is blijkbaar ook niet mogelijk bij busreizigers. De vlaag frisse lucht die iedere keer als ik de deur opendeed naar binnen woei was geen overbodige luxe, gezien de menthol- en/of douchewaterallergie waar een paar mensen mee leken te kampen. Ieuw. Dat soort mensen zou zich eigenlijk niet in het openbaar moeten vertonen.

De eerste paar haltes durfde ik bijna niemand aan te kijken. Ik was doodsbang dat iedereen bij de eerste blik in de onmetelijke diepten van mijn reebruine ogen zou doorhebben dat ik dan wel erg mooi en volgroeid ben voor mijn zeventien jaar, maar dat dat het achter het stuur van een tientonner vol mensen zitten nog niet rechtvaardigt.

Niemand keek in de onmetelijke diepten van mijn reebruine ogen, zo bleek. Niemand keek naar mijn frisse, gebalsemde lippen, naar de zorgeloze rimpelloosheid in mijn gezicht of naar de ferme borstpartij onder de grijze diensttrui. Ik had daar achter het stuur lepralijdend en met een vogelbekdier op mijn hoofd de musical *Cats* kunnen opvoeren en dan was er nog niemand geweest die ook maar één seconde langer mijn aanwezigheid zou hebben erkend. Ze hielden OV's en abonnementen voor me op, ze legden strippenkaarten voor me neer, maar ze zagen me niet. Ze leken alleen zichzelf te willen zien, en het leed dat ze ondergingen door zo vroeg op de dag al met de wereld en de medemens geconfronteerd te worden. De zoektocht naar de ideale stoel was voor de meerderheid al zo'n zware last, dat die, nog voor ik goed en wel vijf strippen had afgestempeld, al een bedorven ochtendzucht in mijn gezicht teweegbracht.

Ik vond het niet erg. Op de ochtendodeur na vond ik het eigenlijk wel prima. De regen was inmiddels opgehouden, ik had het raampje aan mijn linkerkant opengeschoven, neuriede wat liedjes en stak als een jubilerende pro mijn hand op naar passerende collega's. Bij de stoplichten moest ik even opletten en in mijn enthousiasme passeerde ik in volle vaart minstens twee haltes, maar de mensen die daar in de regen stonden te wachten zouden daar wel overheen komen. Ik had het naar mijn zin.

'Kijk aan. Wordt het toch nog wat met dat weer vandaag,' zei een uitgezakte vrouw met vettig piekhaar en een even groot gebrek aan aandacht als aan boeiende gespreksonderwerpen. Ze zat vooraan en hing een beetje voorover, om zich voor mij beter verstaanbaar te maken. 'Ik zag het bijna niet meer zitten met dat weer van de afgelopen dagen, maar dat lijkt toch haast wel weer een zonnetje.'

Met toegeknepen ogen tuurde ze naar het massieve donkergrijze wolkendek. Ik stak mijn arm omhoog en wees naar het bordje 'Niet praten met de chauffeur tijdens de rit', maar ze besloot zich daar niets van aan te trekken.

'Het gaat je toch niet in de koude kleren zitten, hè, die regen heel de dag. En dat vocht is ook niet goed voor de botten. Vochtig was het, toch? Mijn schoondochter zei al, ze zegt— Hé, wat is dat?'

Ja, wat was dat? Vijf mannen in zwart pak stonden langs de kant van de weg en gebaarden dat ik moest stoppen. Hier hadden de meiden me niet op voorbereid. Hier had ik geen informatie over gekregen, geen pen, geen naam. Vijf mannen in pak. Ze kwamen natuurlijk voor mij. Ze hadden me door. Hoe konden ze me doorhebben? Misschien was die ene toch naar Mehmet gegaan. Ik kon het me niet voorstellen. En dan nog.

Ik trapte op de rem. Het natte wegdek werkte niet helemaal naar behoren mee, maar de bus stond net op tijd stil. Een van de mannen kon nog op het nippertje voor de bus wegspringen. Ze kwamen me halen. In gedachten zag ik mezelf al moederziel alleen op een bankje op het schoolplein een gekreukte sigaret roken (en een boterham met kaas uit een donkergroene broodtrommel eten. Heel gek. Ik eet al sinds groep vijf niet meer uit een broodtrommel), uitgekotst als een prutterige haarbal door mijn beste vriendinnen. En dan komt Anne-Wil natuurlijk met haar zonverduisterende reet naast me zitten, omdat zij ook niemand heeft. Zo zal de rest van mijn schoolgaande leven eruitzien. Opgescheept met de reet van Anne-Wil, alleen omdat mijn opdracht mislukt was.

Ik weet dat het de afspraak is. Dat wij als vriendinnen met die opdrachten moeten bewijzen dat we elkaar waard zijn. Ik had alleen nooit gedacht dat ík degene zou zijn die er als eerste uitgegooid zou worden. Ik had eerder gedacht dat Flo zou opgeven of falen. Die is toch wat onhandiger en lelijker dan de rest. Of Potje, want haar neus lijkt op een gevuld ei en ze is echt wel minder slim dan wij. Nou goed, toen we dat pact sloten had ik er geen rekening mee gehouden dat ík ons groepje niet waardig zou kunnen zijn.

De voorste man in pak klopte op de deur en ik wist even niet meer hoe die in godsnaam open moest. Toen ik dat doorhad stormde hij naar binnen, gevolgd door zijn vrienden. Ik had al zo ongeveer bedacht wat ik moest zeggen en had besloten dat ik desnoods even mijn tieten moest laten zien om mijn vriendschap te redden. Je tieten flashen doet wonderen. Maar hij keek niet naar me. Hij zag me niet. De tweede man zag me niet, de derde ook niet. Ze enterden mijn bus en ze keurden mij en mijn tieten geen blik waardig. Kordaat stevenden ze door naar achteren. Alleen de laatste man, een stuk kleiner dan de rest – waarschijnlijk omdat hij een pinda was – knikte kort naar mij en mijn jongens. Hij drukte met zijn wijsvinger tegen zijn oor en murmelde iets in zijn mouw.

Toen hij voorbij was, drukte ik mijn hoofd zo hard mogelijk tegen mijn hoofdsteun en haalde diep adem. Ze waren me voorbijgelopen. Ze waren niet op mij uit. Mijn eer was gered. Ik kon ze nog onder ogen komen, Frique, Potje, Taan en Flo. Godzijdank. Voorzichtig keek ik in de achteruitkijkspiegel en zag hoe een meneer van wie ik me niet kon herinneren dat hij was ingestapt aan zijn haren door de achterdeur naar buiten werd gesleept. Hij piepte en gilde, en eenmaal buiten werd hij in een grote zwarte auto met geblindeerde ramen gesmeten.

Het was doodstil in de bus. Toen ik weer een blik in de spiegel wierp, leek iedereen in de bus mij verbijsterd aan te kijken. Ze wilden allemaal weten wat ik nu ging doen. Dit was mijn bus, dit was mijn verantwoordelijkheid. Een auto achter me toeterde. Ik sloot de deuren en reed door.

'Nou, ha. Zoiets maak je niet vaak mee, hè?' De mevrouw hing weer naar mij toe. Waarom hadden ze háár niet aan haar vette plukken meegesleurd? Mijn handen lagen nog natrillend op het stuur. 'Je hoort het wel vaker, trouwens, de laatste tijd. Ja toch? De wereld wordt steeds gekker. Mijn zwager vertelde laatst nog dat hij zag dat iemand zomaar op straat een mes trok. Zomaar. Een wildvreemde. Ja, daar word je toch bang van? Dat gebeurde vroeger gewoon niet, hè? Het is niet mooi om te zeggen, maar het zijn toch vaak die buitenlanders die voor de ellende zorgen. Ja toch? Is toch zo? Daar gaan we kapot aan, hoor. Kapot.'

Het was nu niet zo ver meer. Nog een paar weilanden en dan begonnen de buitenwijken van de stad al. Ik zag enorm op tegen de terugweg. Het was allemaal ineens zoveel moeilijker. Iedere bocht leek net iets scherper dan ik had ingeschat, overal dacht ik bordjes voor haltes te zien. Ik haalde nog een paar keer diep adem.

'Je denkt dat je er hier geen last van hebt, hè? Van die mensen. Maar dat is echt niet alleen iets van de stad, hoor. Echt niet. Nou, daar hoef ik u natuurlijk niets over te vertellen. U zal daar ook wel mee te maken hebben, met uw werk en alles. Van de verharding overal, hè? De maatschappij verhardt zo, toch? Echt iets van de laatste— Ho, pas op!'

Ik keek uit. Ik zag wat er gebeurde. Ik trapte als een dolle op de rem en gooide het stuur om. Maar het wegdek was heel erg nat.

2

Onze Vader, die in de hemelen zijt, Uw naam worde geheiligd, Uw koninkrijk kome, geef ons heden ons dagelijks brood, verlos ons van onze zonden. Nee. Zo ging het niet. Eh. Uw koninkrijk kome. Eerst geheiligd? Uw. Eh. Nah. Onze Vader, die in de hemelen zijt, hemel? Onze Vader, die in de helemen. Hemelen zijt, Uw naam worde geheiligd, Uw koninkrijk. Nee. Geef ons heden ons dagelijks. Hè? Nou. Wat? Ik zou dit toch. Onze Vader. Die in de hemel zijt. Uw naam worde geheiligd. Uw koninkrijk kome. En dan? Uw koninkrijk kome. Niet met brood nog. Uw wil geschiede? Uw wil geschiede, op aarde, zoals in de hemel. Ja? Ja. Zoals in de hemel, geef ons heden ons dagelijks brood. Nou, wat moeizaam, dit. Yadaya dagelijks brood, en dan verlos ons van onze zonden? Verlos ons van onze zonden, op aarde, zoals in de hemel, nee. Jezus. Onze Vader die in de hemel zijt, Uw naam worde geheiligd, Uw wil geschiede. Nee. Nah. Jezus. Is er toch in geramd, lang geleden. Onze Vader, die in de hemel zijt, Uw naam worde geheiligd, Uw koninkrijk kome, Uw wil geschiede, op aarde zoals in de hemel. Geef ons heden ons dagelijks brood. En vergeef ons onze schulden zoals ook wij onze schuldenaars vergeven. En leid ons niet in verzoeking, maar verlos ons van de boze.

Nah. Hè. Dat duurde.

Amen.

3

Ik begreep niet zo goed wat die kriebel in mijn buik nou veroorzaakte. Of nee. Dat zei ik alleen maar om koket te zijn. Ik begreep heel goed wat de kriebel in mijn buik veroorzaakte. En de misselijkheid. De drang om uit te stappen en de bus aan te duwen als hij nou niet heel rap wat sneller zou gaan rijden. Ik begreep heel goed waarom dat was. Ik begreep heel goed waarom ik vanmorgen, in mijn haast om bij de bus te komen, *Integraal Personeelsmanagement* vergeten was mee te nemen. Waarom ik uiteindelijk een kwartier te vroeg bij de halte was. Het was een uitgemaakte zaak. Nee, niet uitgemaakt. Juist niet uitgemaakt. Ha. Verkeerde woordkeus.

Ik was helemaal vergeten hoe overheerlijk knabbelen op je nagels kan zijn. Ik had in de zeven minuten die ik nu in de bus zat mijn nagels al tot verwaarloosbare stompjes doen slinken en dat terwijl ik ze gisteren nog mijmerend dieprood had geverfd. Er was niks meer van over. Volgens mij had ik dieprode nagellak tussen mijn tanden zitten.

Waarom moest ik er nou zo nerveus van worden? Misschien kwam het door het slaapgebrek. Ik had de hele nacht wakker gelegen en nagedacht over wat ik voelde en wat ik het beste kon doen. Toen ik het daar eenmaal met mezelf over eens was, leek de rest van de nacht doorslapen het belachelijkste idee sinds de uitvinding van de wachtmuziek. Ik heb ruim een honderdtal manieren om hem zijn liefde voor mij te ontfutselen kunnen uitspelen voordat mijn wekker ging. Rollenspellen zijn normaal niet echt mijn ding, maar in gevallen als deze kun je niet anders.

Het was nog niet helemaal bepaald welke route ik zou volgen, maar ik zou wel kunnen improviseren. Daar heb ik ook op geoefend. Zeker was dat hij vandaag zou bezwijken. Ik zou hem zelfs smakelijk uitlachen als hij zou ontkennen dat hij verliefd op me was. Wie nog 'Ik zie je meer als een goede vriendin, Floks' durft te zeggen na het geven van een babykonijn, mag op de brandstapel. Recht in zijn gezicht zou ik hem uitlachen. Ha. Ik duwde even mijn vuist in mijn maag.

Toen hij instapte, werd ik ferm met mijn neus op de realiteit gedrukt. Hij leek toch iets minder op mijn persoonlijke liefdesridder met edele kaaklijn en wapperende lokken in vaselinevision die ik vannacht in mijn hoofd had, en meer op de lichtbebrilde jongen uit de bus die me een konijntje cadeau had gedaan. Desalniettemin wilde ik hem. En hij mij ook, want als wat hij deed niet 'oplichten bij het zien van je lievelingste meisje ooit' genoemd mag worden, mag niks zo genoemd worden.

Hij wurmde zich langs iemand die het nodig vond haar tas in het bagagerek te proppen en beende naar mij toe. Zijn openingszin was dat hij geen cadeautje voor me had meegenomen. Ik had niet anders verwacht. Vandaag zou ik zijn cadeautje zijn.

Ik glimlachte afgemeten en stelde de voorwaarde dat hij in dat geval alleen naast me mocht komen zitten als hij de volgende keer een giraf voor me meenam. We babbelden wat over de cadeauwaardigheid van verschillende leden van de dierenwereld, en met ieder faunagerelateerd woord werd het moeilijker om met één van mijn geoefende rollenspellen te beginnen. We waren allebei even stil. Voor het eerst vond ik de stilte tussen ons onaangenaam. Hij blijkbaar ook, want hij begon maar over mijn nieuwe konijntje te praten.

'En, heb je hem al een naam gegeven?'

Dit was mijn kans. 'Nee,' zei ik met een waterig zuchtje. 'Dat durfde ik niet zonder jou.' Een kwetsbare opstelling werkt vrijwel altijd voor me. Een directe invitatie om een sterke arm om me heen te slaan en wat willekeurige opmerkingen van ontfermende aard te maken. Succes gegarandeerd.

'O, kóm óp.' Hij lachte me uit. En ijskoud, ook nog. Het had ook een gecharmeerde giechel mogen zijn. 'Je kunt toch wel íets zonder mij? Hm?'

Ik haalde hulpeloos mijn schouders op in een laatste poging mijn liefdesridder uit zijn schild te lokken. Waarom werkte hij nou niet mee? De dame-in-nood-methode was zo beproefd. Ik had er nog nooit tegenvallende resultaten mee behaald. Nog nóóit.

Ergens moest ik toegeven dat het me wel beviel te weten dat hij niet iemand was die zich zo een-twee-drie door zijn met tieten gesierde medemens liet inpakken. Bovendien had ik die bewuste methode tot dusver alleen toegepast hier in de plaatselijke discotheek, waar de gemiddelde proefpersoon niet van het soort was om platen van Olivia Newton-John te kunnen waarderen. Maar dan nog. Door míj mocht Dimitri zich toch wel ongegeneerd laten inpakken? Al mijn zo door en door geoefende mogelijkheden om hem mij de liefde te laten verklaren begonnen weg te sijpelen uit mijn door slapeloosheid gecorrumpeerde geheugen.

Hij ratelde wat over hoe ik voor mezelf moest leren kiezen, want vrouwen van tegenwoordig blablabla.

Ik had wakker gelegen met de prangende vraag waarom ik hem nooit eerder op zijn werkelijke waarde had weten te schatten. Hij was niet alleen de leukste jongen uit de hele verre omtrek omdat hij me een konijntje had gegeven. Het ging om meer dan dat beest alleen. Het ging om de wijze waarop hij mijn bestaan hier de afgelopen tijd draaglijk had gemaakt. Zijn kitscherige geitenschilderijtjes, geborduurde handdoeken, koelkastmagneetjes en singletjes van *The Bold and the Beautiful*-acteurs waren de hoogtepunten van mijn jaren in dit achterlijke gehucht geweest. Zelfs de rol Wilhelmina-pepermunt had in al zijn frisheid mijn week gemaakt. Ik wilde niet meer zonder. Ik vond dat ik niet meer zonder zou moeten hoeven. Nooit meer, want voor altijd in dit van civilisatie verstoken hellehol zitten leek niet meer zo angstaanjagend als Dimitri me op vaste basis zou blijven verrassen. Het idee dat wonen in Parijs of New York veel te duur en onmogelijk is, dat gecompliceerde kunstenaar-filosofen mij waarschijnlijk niet eens áárdig vinden, laat staan als muze willen, is dan veel makkelijker te accepteren.

Hoe had ik de waarschijnlijke desinteresse van kunstenaar-filosofen in mij zo lang kunnen negeren, met een verliefde Dimitri iedere dag naast me? Waarom had ik me niet veel eerder gerealiseerd dat alleen Dimitri derdehands boeken met de titel *De Jazzband des Doods* voor me koopt en dat ik daar veel zielsgelukkiger van word dan in mijn eentje op een plakkerige metrostoel zitten? Het had zo lang geduurd voor ik dat had durven inzien, voor ik dat had durven toegeven. Maar dan moest Dimitri gewoon meewerken en mij onmiddellijk bekennen dat hij me wilde, naakt op zijn oude overhemd na, achter zijn aanrecht.

'Zou je dat willen?' vroeg hij, zijn hand op mijn been leggend.

'Ja!' riep ik, enigszins ongecontroleerd.

Ik had blijkbaar verkeerd gegokt waar de vraag precies over ging, want hij zoende me niet. Hij deed niks behalve verstoord voor zich uit staren. Ik keek naar hem, terwijl hij onbewust aan de velletjes rond zijn nagels pulkte. Hij had echt een bril en geen ferme kaaklijn, hij deed farmacie en geen autonome beeldende kunst. Maar het was Dimitri en we waren al bijna bij zijn halte. Als hij niet snel tot actie zou overgaan, zou ik weer een nacht niet kunnen slapen.

Hij zuchtte diep. Ik deed mee. Het werd tijd om zelf het roer in handen te nemen.

'Wil je alsjeblieft mijn telefoonnummer hebben?' brulde ik. Door iets wat hij zei heen. Hij had iets gezegd over de herfstvakantie. Iets heel normaals. Hij had gevraagd wat mijn vakantieplannen zouden zijn. En ik had erdoorheen gebruld. Brullend gesmeekt, had ik. O, de nooit tanende mate waarin ik mezelf voor lul wist te zetten blééf me verbazen. Ik wilde van pure schaamte onmiddellijk pijnlijk en eenzaam sterven. Zo hoorde het niet te gaan.

'Nee. Ik heb geen plannen nog. Jij?' voegde ik er gauw aan toe.

Ik vermoedde dat hij óf bleek óf rood werd, maar ik zag niks want ik keek gefixeerd naar het kalende hoofd van de meneer voor me. Hij had een gigantisch litteken over zijn achterhoofd lopen. Een soort schacht, was het eigenlijk. Best naar.

'Wat...' Hij aarzelde even. Vermoedelijk omdat hij geen idee had wat hij moest zeggen.

Misschien had ik er toch naast gezeten, was hij helemaal niet verliefd op me. Nee: babykonijn. Maar misschien toch. Nee.

'Jawel hoor, maar wat wil je dan dat ik met je telefoonnummer doe?'

Wat wilde ik dat hij ermee deed? Moest ik het voor hem spellen? Opschrijven in blokletters? Braille? Hebreeuws? Ik staarde nog steeds recht voor me uit. Hij wachtte op een antwoord.

Ik begon een zin, maar het moest opnieuw, want ik had allemaal slijmachtigheid in mijn keel zitten, waardoor ik klonk als een mijnwerker die na vijftig jaar in de mijnen op zijn afscheidsfeestje moet speechen ten overstaan van al zijn kettingrokende mijnmakkers. Ik kuchte. 'Nou, gewoon. Mij bellen. Zodat we elkaar misschien een keer buiten de bus kunnen tegenkomen. Ik ben leuker na elf uur 's ochtends, weet je.'

Een grapje. Om de lucht te klaren. Ik lachte heel hard. Om mezelf. Hij deed een poging tot gniffelen. Punten voor hem. De lucht was verre van geklaard. Hij was misschien zelfs wel wat bewolkter geworden, met een vallend drupje hier en daar.

'Ja, oké. Maar wat zou je dan willen doen met me? Na elf uur 's ochtends?'

Het was geen kokettigheidje, het was een oprechte vraag. Hij begreep het niet. Hij begreep niet wat ik met hem wilde doen.

'Zoenen,' zei ik. Ik was de schaamte voorbij. Ver, ver voorbij. 'Ik wil met je zoenen. En dat soort dingen. En ik wil je in sfeerverlichting zien. Tl werkt niet in je voordeel, kan ik je vertellen.' Een grapje, een hem afkrakend grapje. Ik was ook werkelijk van alle markten thuis. Ik had mezelf willen slaan of heel hard in mijn arm willen bijten, maar ik bedacht op tijd dat dat misschien ook niet een al te beste indruk zou achterlaten.

'Ja.' Hij dacht even na, met bijbehorende geluiden. 'Ja, oké. Geef maar.'

Ja, oké, geef maar. Na al het harde werk, na alle vernederingen zei hij 'Ja, oké, geef maar'. Niet precies het antwoord waar ik op had gehoopt, maar het kwam ergens wel in de goede buurt. Het voelde nu alleen alsof hij me een gunst verleende door mijn telefoonnummer in ontvangst te nemen. Ik kon het alleen mezelf maar kwalijk nemen.

Ik scheurde een papiertje uit mijn schrift en schreef mijn

nummer op. Het viel tergend stil en ik moest bijna huilen van schaamte en ellende.

Hij stopte het briefje in zijn binnenzak. 'Dank je. Ik moet gaan.' Hij wees willekeurig naar buiten. Ik zei hem gedag.

'Ik bel je,' zei hij met een klopje op zijn binnenzak. Hij pakte zijn tas en stond op. Eerder dan normaal. De bus legde de laatste meters naar zijn halte nog af en hij stond al te wachten voor de gesloten deuren. De bus stopte en Dimitri stapte uit. Hij draaide zich buiten nog even naar me om en lachte toch best lief. Heel lief. Ha.

De stress had me dan misschien een paar jaar van mijn leven gekost, hij had lief naar me gelachen. Ik zuchtte en bonkte met mijn achterhoofd tegen de hoofdsteun. Dit nooit meer. Nooit. Meer.

4

Ik was nog niet buiten levensgevaar, dat was zeker. Ik had alleen eventjes geen zin om aan het levensgevaar te denken. Met die Russen weet je het nooit. Het ene moment zijn ze te lui en beneveld om je achterna te komen, het andere moment hakken ze met alle liefde, onverwachte flair en iets scherps je gekoesterde delen eraf. Nee, mij hoef je niks over de Russen te vertellen. Maar ik heb een troef in handen. Nou ja, ik heb haar nog niet in handen, maar dat komt wel. Geloof me. Als we thuis zijn. Nu zit ze nog gewoon naast me.

Olga Wolodarsky, ijskoud en bloedmooi. Een tikkeltje ordinair met die gigantische gouden hangers in haar oren en een donker streepje rond haar zachte lippen, maar ze draagt het alsof ze haar de nieuwe tsarina zullen maken als de volgende revolutie komt. Maffiadochter is ze, en dolverliefd op mij. Ik kan het ook niet helpen. Het was een risico dat ze zo wild van me was, dat wist ik heel goed, maar ik zou de laatste zijn om haar daarom weg te sturen. Vrouwen en gevaar zijn toevallig mijn lievelingscombinatie.

'Meneer Mann, mag ik u nogmaals complimenteren met de wijze waarop u mijn vader en zijn collega's hebt aangepakt? Werkelijk ongekend. Hebt u überhaupt enig idee wat het concept "angst" inhoudt?' zei ze. In het Russisch. Dit was de eerste keer dat ik haar complimenteus hoorde zijn, maar als ze het deed, deed ze het goed.

'Ik verdien die eer niet, mevrouw Wolodarsky. Ik deed het enkel en alleen voor u,' zei ik.

Zelden had ik met zo'n zware opdracht te maken gehad. Ik heb mijn deel aan spanning en avontuur gehad in het leven: ik ben vaak in het hol van de leeuw undercover gegaan, heb vanaf sneeuwscooters uzi's afgevuurd, met beren gevochten. Ik schrik niet zo snel meer terug van opdrachten waarbij de kans groot is dat het levenslicht mij uit de ogen geslagen of geschoten zal worden. Maar dit was van een heel ander niveau. Hier kwamen niet alleen brute durf en een uitgekookte geest bij kijken, dit vroeg ook nog om een gedegen kennis van de hogere natuurkunde. Ik ontbeer die gedegen kennis, maar aangezien het vertrouwen in mij binnen mijn vakgebied onbegrensd is en de paar agenten die wel gespecialiseerd zijn in hogere natuurkunde wegens hun gebrek aan brute durf en een uitgekookte geest snel uitgeschakeld worden, viel de keuze op mij.

Ze zwaaide haar rode haren over haar schouder. Niets aan haar verried dat ze een vrouw op de vlucht was, maar ze was dan ook in bekwame handen. Ze wist nog niet half hoe bekwaam.

'Waar lacht u om, als ik vragen mag?' vroeg ze schalks.

'Niet om uw schoonheid, in elk geval,' antwoordde ik gevat en met een opgetrokken wenkbrauw. Het was waar. Ze was onwaarschijnlijk mooi. Haar vlekkeloze huid was bijna lijkbleek, maar dat had exact het goede effect op haar groene ogen, haar elegante designercreatie in dezelfde kleur en haar lange rode haar. Bovendien kwam ze uit een familie die enkele niet mis te verstane misdaden tegen de mensheid had gepleegd, wat haar net dat beetje extra aantrekkingskracht gaf. Ze knikte afwezig en keek naar buiten.

In het donker was ik in Rusland geland. Ik had geen idee waar ik precies was, maar ik zag toendralandschap en dat zei me genoeg. Voor het eerst sinds tijden was ik weer nerveus voor een opdracht. Dat was mijn goed recht, want een neutronenbom onschadelijk maken was heel iets anders dan infiltreren in de wereld van de ivoorjacht of een avond schandknaap spelen om een mensenhandelaar te pakken. Heel iets anders. Er stond nu meer dan alleen mijn leven op het spel.

Toen ik met beide voeten op de toendrabodem stond, controleerde ik mijn kompas. Een zwarte quad werd voor mij uit het vliegtuig gereden. Ik bedankte de jongen voor zijn dienst en gaste volle kracht vooruit. Knap leger dat mij tegen zou houden.

De ingang van het lab bleek maar een kwartiertje rijden noordwaarts te zijn. Het was dichterbij dan ik had verwacht en ik moest een klein stukje terugrijden om de wagen goed uit het zicht te kunnen wegzetten. Ik bestudeerde de ingang vanaf een afstandje om de procedure in één keer foutloos te kunnen doorlopen. Een kleine roestvrijstalen deur in een groot vrijstaand rotsblok, waarachter ik een trap vermoedde.

Ik legde een lens in mijn rechteroog, plakte de latexhuid over mijn rechtervingertop en wandelde op mijn gemak naar de deur. Mijn lichamelijke nepkenmerken werden door het beveiligingssysteem naast de deur zonder enig gemor geaccepteerd en de trap erachter was lang en donker, maar exact zoals ik hem gehoopt had te vinden. Ik beende op de vederlichte wijze die mij zo eigen is trappen af en gangen door. Deuren gehoorzaamden netjes zodra ik met mijn vinger gezwaaid en met mijn ogen geknipperd had. Ik eindigde in een witte, helverlichte gang die duidelijk breder was dan alle andere en via een grote glazen draaideur naar het productielaboratorium leidde. Gesloten deuren aan beide zijden van de gang, rechte buizen aan het plafond.

Met een kordate tussensprong tegen de muur wist ik me aan de meest rechtse buis vast te klampen en met opgetrokken knieën aapte ik me naar de andere kant van de gang. Je kon nou eenmaal nooit weten wat boosaardige wetenschappers doen als ze je bij het verlaten van hun kantoor door de gang zien flaneren. Bij de draaideur landde ik op mijn hurken en nadat ik het neptopje weer op mijn vinger gedraaid had, opende ook die zich voor mij als een wanhopige dertigster die zojuist de woordcombinatie 'Ik hou van je, jij bent de ware' gehoord heeft.

Het was me niet ontgaan dat ik nergens op mijn weg enige bewaking was tegengekomen, ik had me alleen met heel andere dingen beziggehouden. Ik had er even niet aan gedacht, zogezegd. Het was wel de eerste gedachte die door me heen schoot toen ik de draaideur eenmaal door was gegaan en er ruim een dozijn vuurwapens op mij gericht werden. De dragers van deze bonte verzameling – van bescheiden pistooltjes tot het betere soort machinegeweren – zagen er allemaal minder fris uit dan de meneer die in een zetel recht tegenover mij zat. Hij had een kransje haar op zijn hoofd, droeg een krijtstreeppak en glimlachte gezien de omstandigheden best vriendelijk naar me.

'Dag meneer,' zei hij. In het Russisch.

Ik groette hem terug, maar zat nog niet zo comfortabel in de taal om een bijdehante opmerking te maken. Even omschakelen nog.

Hij knikte. Toen pas zag ik de gigantische bom die een tiental meters achter hem in de steigers stond. Ik had eigenlijk niet willen geloven dat het werkelijk waar was toen mijn opdrachtgevers me hadden verteld over hun vermoedens dat Rusland in het geheim aan een neutronenbom werkte. Het viel nu moeilijk meer te ontkennen.

'Dat hebt u knap gedaan, meneer Mann. Maar net niet knap genoeg. Jammer hoor. Nu sterft u. Kijk maar.'

Het ging me allemaal wat rap, maar ik begreep net op tijd

wat hij bedoelde en waar hij heen wilde.

'Ho, ho, ho!' riep ik in het Nederlands. Ik herstelde me. 'Zo eenvoudig komt u niet van me af! Zo eenvoudig is niemand ooit van me afgekomen.'

Meneer Wolodarsky trok even een enkele wenkbrauw omhoog, maar voordat hij met zijn hand aan zijn hulpjes een teken kon geven om mij lek te schieten, was ik al in een stuk of vijf salto's aan de andere kant van het laboratorium, waar de neutronenbom stond opgesteld.

'Prima, dan schieten we u vanaf daar dood. Wat u wil, hoor. Wat u wil,' riep de man. Hij maakte een gebaar en de lopen van een dozijn geweren werden op mijn nieuwe positie gericht. 'Bedankt voor de samenwerking, meneer Mann.'

Hij hief zijn arm, maar werd weer onderbroken. Dit keer door een hoge, uitgerekte '*Njet!*' die uit de mond kwam van een bloedmooi roodharig meisje in een laboratoriumjas. Ze had verdekt opgesteld gestaan in een verre hoek van het lab en was me niet opgevallen. Dit verbaasde me. Ik heb namelijk een verfijnde neus voor bloedmooie vrouwen, zelfs als ze verdekt staan opgesteld. Zeker voor het soort dat zich zonder mijn aandringen om mijn hals werpt.

'Olga!' blafte meneer Wolodarsky. 'Bemoei je er niet mee. Terug in je hoek! Nu!'

Ze draaide zich om en leunde met haar rug tegen me aan. Ik moest mezelf inhouden mijn armen niet om haar heen te slaan.

'Vader, als u hem vanuit deze positie laat neerschieten raakt u de bom en zullen we allemaal verloren zijn!'

O, wat rook ze heerlijk, de dochter van Wolodarsky.

Hij knikte resoluut. 'Mijn dochter heeft een punt. Haal meneer Mann hierheen!'

De twee grootste mannen hadden geen handgebaar nodig

en kwamen direct op me af draven, maar ik mocht deze gouden kans niet voorbij laten gaan. Uit mijn binnenzak trok ik razendsnel mijn eigen geweer – dat er ook mocht wezen – en plantte hem op Olga's slaap. Eindelijk kon ik haar legitiem omarmen.

'Het spijt me, liefje, maar het kan even niet anders,' fluisterde ik in haar oor.

Ze vlijde haar hoofd in mijn nek en haar hand onopvallend in mijn kruis. 'Ik maak me geen zorgen,' zei ze zachtjes, bijna zonder haar lippen te gebruiken. 'Ik wens u zelfs veel succes.'

Ik slikte. Nooit eerder was het zo aangenaam geweest om iemand onder schot te houden. 'Eén stap dichterbij en ik schiet uw dochter tot moes,' brulde ik.

De mannen deinsden terug en Wolodarsky's teint werd eerst een paar schakeringen bleker voordat zijn zweterige kop de kleur van Olga's zachte haar kreeg. Haar lange, frisse, zachte haar.

'U hebt geen idee waar u mee bezig bent!' Hij zwaaide woest met zijn worstige wijsvinger.

Mijn naam was haas. 'Ik ga uw dochter nu vragen om deze bom voorgoed onschadelijk te maken. Als u mij of haar daarbij in de weg loopt zult u haar ledematen door de gehele ruimte terug kunnen vinden.'

'U hebt geen idee. U hebt geen. Idee,' zei hij, terwijl zijn trouwe onderdanen hem met hun blikken de folterdood toe leken te wensen.

Ik kon me waarschijnlijk geen voorstelling maken van wat Wolodarsky hier op het spel zette om zijn dochter te redden. De Russische maffia moest zo te zien miljoenen, zo niet miljarden, in dit project geïnvesteerd hebben. Ik schuifelde voor Olga uit terwijl ze de bom onklaar maakte, en ze betastte me tijdens het hele proces lustig maar subtiel, zoals ik nog nooit door iemand lustig maar subtiel was betast. Terwijl ze op haar knieën ging om wat stekkers uit hun dozen te trekken, gleed ze op ongekende wijze met haar hand langs de binnenkant van mijn been, en ze schuurde opzettelijk met haar ene borst langs mijn hooggehouden elleboog toen ze omhoog reikte om wat draadjes door te knippen. Ze had een zwak voor me, zoveel was duidelijk. Ikzelf kon de schijn tegenover haar vader aardig ophouden, hoewel ze me af en toe naar adem liet happen. Het scheen niemand op te vallen.

'Bijna klaar,' fluisterde ze me na enige tijd, vergezeld door een stroom warme, vochtige adem in mijn oor toe. Ik voelde het bloed uit mijn hoofd wegtrekken, op zoek naar vruchtbaardere gebieden om zijn kamp op te slaan.

Iedereen begreep gelukkig direct wat ik bedoelde toen ik het gezelschap liet weten dat ik nu ongeschonden zou vertrekken en dat juffrouw Wolodarsky mijn aftocht met haar welgevormde, maar kwetsbare slaap zou garanderen. De terugweg leek korter dan de heenweg, maar dat kon komen doordat het afscheid van Olga steeds dichterbij kwam.

'Hoe komt u hier nu weg?' vroeg ze toen de laatste deur naar buiten was geopend en ik weer met beide voeten op de toendragrond stond.

Ik trok het pistool terug en legde mijn hand op haar wang. 'Dat kan ik u helaas niet vertellen.'

Ze knikte en legde haar hand op de mijne. 'En wat als ik met u meega?'

Dat was exact het antwoord waar ik op gehoopt had. Ik wees haar de quad, en niet veel later zat ze stevig tegen mij aangeklemd achter me. In een helder groen niemendalletje, want dat bleek haar labjas al die tijd verborgen te hebben.

'Een meisje met jouw schoonheid hoeft toch niet zoveel van massavernietigingswapens af te weten?' brulde ik boven het geronk van de motor uit.

Ze vertelde me met enige moeite en een paar herhaalde zinsdelen hoe natuurkunde altijd haar passie was geweest, dat ze na haar studie bij dit project betrokken was geraakt omdat het gefinancierd was door de maffia en zo invloed op haar vaders kwaadaardige plannen kon uitoefenen. Dat ze de boel kon saboteren als het daadwerkelijk tot lancering zou komen.

Ze had dus ook nog hart voor de mensheid. Ik trok haar klemmende hand van mijn borst af, kuste hem hartstochtelijk en plaatste hem op mijn edele delen. Wat een vrouw.

'Heb je al spijt?' vroeg ik haar, terwijl ik me realiseerde hoezeer ze contrasteerde met het aardse Hollandse landschap dat achter haar in het busraam aan ons voorbijtrok.

'Waarom zou ik spijt hebben? Ik heb niks fout gedaan. Het is bovendien nog niet voorbij, meneer Mann.'

Nee, dat was het zeker niet. Olga's lelieblanke huid zou ook fantastisch contrasteren met mijn gitzwarte satijnen lakens, thuis. Goddank had ik ze gisterenmiddag voor vertrek nog verschoond. Ik kon haar al bijna proeven, ik voelde al bijna hoe ze zich vast zou bijten in mijn blote huid. Het kon niet anders dan een wilde middag worden, waarbij zelfs een enkele vloeiende druppel bloed niet mocht worden uitgesloten.

'Nee, dat is het zeker niet, Olga. Dat is het zeker niet,' zei ik, terwijl ik met mijn tong figuurtjes in haar nek tekenend op het stopknopje drukte. Met een schok kwam de bus direct tot stilstand. Wat eerder dan ik had voorzien.

Ik haalde mijn gezicht uit Olga's nek en keek om me heen. Buiten leek niets aan de hand, behalve dat we op een onwaarschijnlijke plek stilstonden. De voordeur klapte open en een leger mannen in pak stormde de bus in. Een leger mannen met hetzelfde pak, hetzelfde gemillimeterde haar, dezelfde geharde kop. De Russen. De Russen waren gekomen. Ze kwamen me halen. Voor ik enige actie kon ondernemen, hadden ze me al bij mijn kraag, armen, benen en hoofd gegrepen.

'Dit zou ik niet doen als ik jullie was, jongens!' riep ik, terwijl ik de twee mannen die aan mijn benen hingen tegen de vloer schopte. Twee nieuwe mannetjes stonden alweer klaar om zich aan mijn benen vast te klemmen.

'Nu zijn jullie met een overmacht, maar zo meteen zal het zuur met jullie aflopen en zeg dan niet dat ik jullie niet gewaarschuwd heb!'

Ze tilden me op en droegen me weg. Naar buiten. Mijn laatste blik had ik over voor Olga, die me tevreden met haar armen over elkaar nakeek. De verraadster had natuurlijk een zender mee, zodat haar vader en zijn handlangers wisten waar we ons bevonden. Alles was van tevoren uitgedacht. Sluwe slet. Boosaardig grijnzend keek ze me na. Die gitzwarte satijnen lakens kon ze dus vergeten.

5

Het was mooi om te zien hoe ze straalde toen ik binnenkwam. Het was minder mooi om te zien hoe ze zichzelf toegetakeld had. Het spijkerrokje dat ze vanmorgen hopelijk in een vlaag van verstandsverbijstering had aangetrokken en haar opdringerige decolleté gaven haar nog meer het air van een oude hoer in de faillissementsuitverkoop dan de make-up van gisteren gedaan had. Ze had haar waardigheid blijkbaar voor vertrek in een propje in de hoek van haar klerenkast gegooid.

Ergens kon ik er ook wel om lachen, maar vooral hard en honend. Het kon niet anders dan dat er iemand in haar leven was voor wie ze zich zo aanstelde, en ik kreeg toen ik me dat realiseerde meteen medelijden met haar. Het kon geen echt geschikte jongen zijn als ze naar gedeeltelijke naaktheid moest grijpen om zijn aandacht te krijgen. Ik zou haar zelf nooit zo over straat laten gaan, maar liet haar maar niets merken.

'Ik heb geen cadeautje voor je meegenomen. Mag ik toch?'

Ze deed alsof het haar niets beviel en schikte een stukje in. 'Onder het voorbehoud dat je de volgende keer een giraf voor me meeneemt.'

'Een giraf,' herhaalde ik.

'Of een emoe,' vulde ze aan. 'Een emoe mag ook. Geen katachtigen. Die komen er niet in, daar hou ik helemaal niet van.'

'Niet?' Ik had gedacht dat ze wel een kattenmens was. Hoe kon je geen kattenmens zijn? Sientje en ik hadden altijd een kat gewild, maar we kregen alleen maar konijntjes. Helemaal niets mis met konijntjes, natuurlijk, maar als je eigenlijk een kat wilt, gaat het snel vervelen. Zeker als ze zo door het kwade bezeten waren als Jan Douwe Kroeske.

'God nee. Honden ook niet. Weerzinwekkende beesten.'

Ik beaamde dat. Fijn dat ze er zo over dacht. Honden zijn lelijk en vies. En gevaarlijk, dat had Humberto wel bewezen. Toen ik hem er jaren geleden van had weerhouden Sientje in haar gezicht te bijten, hapte hij mij in mijn been. Het bloedde afgrijselijk en ik hoefde even niet meer naar school. Sientje heeft in de week die volgde iedere dag naast mijn bed gezeten omdat ze zich zo vreselijk schuldig voelde. Eerst huilend, later maakte ze tekeningen, puzzels en quizjes voor me, en probeerde ze me op alle mogelijke manieren aan het lachen te maken.

Het was natuurlijk niet haar schuld. Dat ik haar boven die hond optilde kwam door een soort beschermend oergevoel, een automatisme. Bovendien was ik er op tijd bij om haar tegen Humberto's allesverwoestende kaken in bescherming te nemen. Toen ze door die auto geschept werd, fietste ik zo ver voor haar uit dat ik niet eens heb gezien wat er gebeurde. Ik hoorde alleen maar een klap en haar gegil boven de piepende banden uit.

Het was meteen al een verloren zaak. Ik had haar nooit alleen moeten laten. Ik had aan haar linkerkant moeten blijven fietsen. Vlak naast haar, aan de linkerkant. Ik weet niet eens meer waarom ik daar niet was. Omdat ze te traag fietste, misschien. Omdat ze ergens over had gezeurd. Ik weet het niet meer. En het doet er ook niet meer toe. Hoeveel puzzels en quizjes ik ook zou maken, ze kwam niet meer terug om ze op te lossen.

Humberto hebben ze laten inslapen. De mevrouw in de auto lijdt sinds het ongeluk aan slapeloosheid, heb ik gehoord.

'En, heb je hem al een naam gegeven?' Floks was een beetje

stil, dus ik besloot haar naar haar nieuwe liefde te vragen.

'Nee, dat durfde ik niet zonder jou,' zuchtte ze theatraal.

Ik lachte haar uit. 'O, kóm óp, je kunt toch wel íets zonder mij?'

Ze haalde hulpeloos haar schouders op. Bah. Dit soort geveinsde vrouwelijke onderdanigheid moest bestraft worden. Hier trapte ze al haar voor vrij- en waardigheid strijdende voormoeders mee op de ziel. Hoog tijd om de dolle mina in haar te doen oplaaien.

Ik zwaaide met mijn wijsvinger en stak van wal. 'Er zijn momenten in het leven dat je je verantwoordelijkheid moet nemen en keuzes voor jezelf moet maken. Je kunt niet alles overlaten aan het natuurlijk overwicht van de man, want er zullen niet altijd mannen in je leven zijn om dingen voor je te beslissen. Ik weet dat het moeilijk is, het is een leerproces, maar je bent een moderne jonge vrouw en ik heb vertrouwen in je.'

Ik verwachtte een scherpe, klootafknijpende opmerking en de plaatselijke verbranding van haar beha, maar ze reageerde niet en staarde uit het raam.

Misschien lag het wel aan mij dat ze nog geen naam bedacht had. Ik was een beetje streng geweest toen ze gisteren namen had geopperd. Claudine Longet was best een goede naam voor een konijn.

'Claudine Longet was best een goede optie, toch?' gaf ik toe. Geen reactie. Was ze boos? Ze was toch niet boos? Ik zag haar gezicht maar half, maar ze keek heel afwezig.

De bus stopte. Ik keek uit het raam, maar wist ook zonder die bevestiging dat de volgende halte en het volgende stoplicht zich pas een paar bochten verder bevonden. Ik hing subtiel over mijn armleuning heen om te zien wat er aan de hand was. De deur ging open en vijf onwaarschijnlijk brede mannen in pak stapten de bus in. De achterste knikte naar de chauffeur en mompelde iets terwijl hij zijn wijsvinger tegen zijn oor drukte. Het duurde eventjes voordat het beeld door mijn hersenen geaccepteerd werd, en zelfs toen dat gebeurd was, werd het beeld hartelijk door mijn bewustzijn uitgelachen. Zulke dingen gebeuren niet, of misschien toevallig een keer als je er niet bij bent. Eén onheilspellende blik van de derde in de langsbenende rij was genoeg om mij weer keurig rechtop in mijn stoel te doen zitten. Oeh, wat waren ze groot. En ze leken op elkaar. Allemaal hetzelfde pak, dezelfde zwarte stropdas, hetzelfde militante stekeltjeshaar. Allemaal met dezelfde onverdrotenheid in hun blik.

Ik gaf Floks een elleboogstoot, maar ze leek helemaal niets van het geheel mee te krijgen. Ik durfde me niet om te draaien, maar door de doodse stilte in de hele bus was het meer dan duidelijk dat iedereen die dat wel durfde, iets heel moois te zien kreeg. Ik hoorde een man met weinig overtuiging roepen dat het een vergissing moest zijn, en hoe er enig geweld gebruikt werd om hem uit de bus te verwijderen.

Toen ik ze het trappetje af hoorde stampen was ik dapper genoeg om achter me te kijken. Ingesloten door een kring van borst-, armspieren en stekeltjeshaar zag ik nog net de warrige coupe van een meneer die altijd bij mijn halte instapt. De meneer die ik gisteren nog in zijn gezicht gezucht had.

'Nah,' sputterde ik. Iemand achterin riep dat dit toch niet normaal was. Ik was het daarmee eens. De bus reed door.

'Dit. Nou ja,' bracht ik uit en draaide me naar Floks. Ze staarde nog steeds gedachteloos en onberoerd uit het raam. Ze knipperde niet eens. Waarom was ze niet kirrend in haar handen aan het klappen nu, zoals het haar betaamde? 'Zeg! Ik vind het prima als je de voorkeur geeft aan willekeurige voorbijgangers, hoor, maar ik eis toch minstens enige erkenning van mijn bestaan.' Geen reactie. 'Anders stuur ik die vijf Kevin Costners op je af. En zou je dát willen? Hm?'

'Ja!' riep ze, terwijl ze haar hand op de mijne legde. Het was misschien niet helemaal het gewenste antwoord, maar ze was in ieder geval weer terug onder de levenden. Ik overwoog of ik haar zou vertellen over de inval, maar ze leek helemaal niets doorgehad te hebben en ik liet het idee varen.

'Nou,' zei ik om de conversatie maar gaande te houden. Het was zelden zo moeizaam gegaan. 'Ik ben het jaar nu alweer zat. Raar is dat, hoe je er toch iedere keer weer met enig enthousiasme aan begint, maar dat het na een paar weken alweer stierlijk verveelt. Goddank nog maar een paar weken voordat de herfstvakantie begint. Ga jij nog wat doen dan, eigenlijk?'

'Wil je alsjeblieft mijn telefoonnummer hebben?' brulde ze halverwege mijn laatste zin. Ze verschoot direct van kleur en hoestte van schrik om zichzelf. 'Nee. Ik heb geen plannen nog. Jij?' murmelde ze erachteraan.

Ik had even geen idee wat ik moest zeggen. Of er überhaupt van mij verwacht werd dat ik iets zei. Staren naar de hoofdsteun voor mij was het enige waarvan ik wist dat het veilig kon. Vanuit mijn ooghoeken zag ik hoe ze zichzelf zediger maakte door haar rokje een stukje naar beneden te trekken. Plotseling opkomende misselijkheid krioelde door mijn buik. Ineens kon ik de bocht van de rotonde niet zo goed meer hebben. Ik slikte een paar keer. De uitnodigende kledingkeuze op een willekeurige vroege morgen in september. De make-up. Het 'help mij, ik kan niets zonder de kundige begeleiding van een man'-geschouderophaal. Het was een schreeuwend luid en duidelijke boodschap, en ik had het niet gezien.

Dit was niet de bedoeling. Dit was nooit de bedoeling geweest. Dacht ze echt dat dit mijn bedoeling was? Ik probeerde iets te zeggen, maar besloot nog heel even na te denken hoe ik dat het beste kon brengen. Misschien bedoelde ze het anders dan ik dacht. Misschien bedoelde ze er niks mee. Misschien wilde ze gewoon... Tja, wat zou ze gewoon kunnen willen?

'Jawel hoor, maar wat wil je dan dat ik met je telefoonnummer doe?' Ik was me ervan bewust hoe bibberig het klonk.

Ze rochelde uit pure nervositeit. Ze was nerveus. Geen best teken. 'Nou, gewoon. Mij bellen. Zodat we elkaar misschien een keer buiten de bus kunnen tegenkomen. Ik ben leuker na elf uur 's ochtends, weet je.' Ze brulde het uit van geforceerde pret.

Ik kon me niet herinneren me ooit zo ongemakkelijk bij haar gevoeld te hebben. Zodat we elkaar buiten de bus kunnen tegenkomen. Het was goed mogelijk dat ze gewoon Olivia op mijn platenspeler wilde horen, maar ik geloofde het al niet meer. Dat zou ze me gewoon vragen, iets te hard en met een ferme elleboogstoot. Zoals ze me alles vraagt. Niet met zweethanden en een paars gezicht.

'Ja, oké,' zei ik. 'Maar wat zou je dan willen doen met me? Na elf uur 's ochtends?' Ieder woord klonk per ongeluk als een vraag. Een ongepaste vraag.

'Zoenen,' zei ze. 'Ik wil met je zoenen. En dat soort dingen. En ik wil je in sfeerverlichting zien. Tl werkt niet in je voordeel, kan ik je vertellen.'

Ze wil met me zoenen. Ze wil haar tong tegen de mijne aanwrijven. Dat soort dingen. Ze wil mij in bed, waarna ik 's ochtends ontbijt voor haar moet maken. Met aardbeien.

Ik rilde en voelde koud zweet op mijn rug. Het is geen lelijk meisje. Absoluut niet. Ze heeft heel veel prachtig warrig haar en fantastische ogen. Ze is stralend en vurig en niet bepaald dun, maar ik heb nooit geweten wat ik aanmoet met magere vrouwen. Ik kan me voorstellen dat ze door een overwegend deel van testosterondragers aller landen woest aantrekkelijk gevonden wordt. En ik ben haar uitverkorene. Weet ze mijn achternaam überhaupt? Het doet er ook niet toe. Ik wil haar niet, niet zo. Het zou pervers zijn als ik het wel zou doen. Bijna illegaal. Een ziekelijke situatie die een duistere film binnen het zedenloze genre van de Franse cinema niet zou misstaan.

Ik moest haar vertellen dat er niks van in kwam. Dat ze haar lusten maar op iemand anders moest botvieren. Op iemand die niet zo'n zuivere waardering voor haar voelt als ik, als het even kan.

Ik keek naar haar, zij keek naar mijn benen. Ze trilde. Ze trilde heel erg, en ik kon het haar natuurlijk nooit vertellen. Ik kon haar niet weer teleurstellen. Ze wilde zo graag dat ik haar telefoonnummer aannam. Joost weet wat er gebeurt als ik haar illusies nu verpulver. Ze zou me waarschijnlijk nooit meer willen spreken en in het ergste geval haar lichaam te grabbel gooien, aan de drugs gaan en sterven op een wc in een snackbar met vliegen op de muur en flikkerende tl-verlichting. Met een spuit in haar arm. Dat zou mijn schuld zijn. Ik zou verantwoordelijk zijn voor onze breuk en/of haar ondergang. Ik had geen andere keuze.

'Ja, oké, geef maar.'

Ze zweeg en schreef haar telefoonnummer op een afgescheurd papiertje. Ik had geen idee wat ik nog kon zeggen. Zij blijkbaar ook niet. Ik had haar voor een wanhoopsdaad behoed, maar had nog geen idee wat ik nu moest doen. Uitstappen. Ik moest bijna uitstappen. Ik nam het briefje aan en bedankte haar. 'Ik moet gaan.'

Ze knikte en had waarschijnlijk geen idee wat ze zei. 'Ja, oké, ik blijf nog even zitten als je het niet erg vindt, ha! Nee hoor, nou ja. Doeg! Tot snel.'

Ik verzekerde haar ervan dat ik zou bellen en stond op. Iets te vroeg. Hopelijk zou het niet opvallen. Het briefje brandde in mijn binnenzak. Ik moest haar bellen.

6

Het haar ben ik kwijt. Ik had veruit het beste haar van iedereen in de band. De jongens zouden stuk voor stuk een celibataire gelofte hebben afgelegd om mijn haar te mogen hebben. Hun woeste dossen mochten er ook wezen, hoor. Dat van Klaus was licht gegolfd, Barry had pijpenkrullen, die zelfs nadat hij volledig buiten zichzelf was getreden tijdens een drumsolo niet uit het gareel wilden vallen. Ad was getooid met een bos hoogblonde manen en Pieter-Bas leek een dode otter op zijn hoofd te hebben. Pieter-Bas' situatie daargelaten was iedereen dus in principe bedeeld met een goede bos haar, maar het mijne was net even voller, net even langer, net even wilder. Dat verschil viel op, zeker nadat ik het geföhnd en getoupeerd had. Zelfs niemand van de duizenden fans in het publiek die ik in die jaren voorbij heb zien komen, had haar vergelijkbaar met het mijne. Dat maakt net het verschil tussen rockgod, de rest van de band en de fan, denk ik, zeker in die tijd. Het haar. Het lange, wild getoupeerde, stijf gesprayde maar toch altijd lieflijk zachte haar. Dat en de make-up, misschien.

Het haar is zo goed als weg. Ik heb nog maar een klein beetje over, maar in vergelijking met hoe het ooit was, valt het restje dat nu op mijn hoofd huist bij de afronding weg. Er zit alleen nog een kransje vlashaar op mijn schedel, maar ik heb het aan één kant laten groeien, zodat ik die pluk over de kale plek in het midden kan kammen. Dat plukje is misschien niet veel, maar het is wel mooi. Mijn haar zoals ik het gewend ben.

Lang, zacht en toch nog best dik. Niemand ziet het meer, maar ik word er nog iedere dag aan herinnerd als ik mijn haar op zijn plek kam of als de wind speelt met de lok op mijn hoofd. Mijn verleden. Mijn verleden als rockgod. Want ik was er een. Ja echt. Ik was er eentje.

Inmiddels ben ik gewoon weer Herman en niet eens de god van het callcenter waar ik werk. Het is een nare baan, ik ben de eerste om dat toe te geven. Ik heb begin jaren tachtig drie keer mijn eigen telefoonnummer veranderd om van uitzinnige fans af te zijn, nu word ik betaald om mensen te bellen die daar geen behoefte aan hebben. Het is treurig maar ik kan niet anders. Ik heb mijn middelbare school afgemaakt en heb daarna nooit meer een poging ondernomen om met succes een vervolgopleiding af te ronden. Welke sterveling denkt aan een vervolgopleiding als hij op dagelijkse basis in uitverkochte stadions met het zingen van een paar eenvoudige refreintjes volwassen vrouwen zover krijgt om hun shirt omhoog te trekken? Een shirt bovendien, met de tourdata van jouw eigen Nylon Lady's *'Yet Another'*-tour 1980 erop? Hm? Niemand. Nee, de spandex spande strak om mijn welgevormde onderlichaam en ik dacht aan niets anders dan de jongens van Nylon Lady, mijn kunst en de mensen die na een show rijendik voor de kleedkamer stonden opgesteld om in onze buurt te mogen zijn.

Ik had natuurlijk moeten weten dat het zou ophouden. Dat er andere fases in mijn leven zouden komen. Dat wist ik ook best, maar ik had me nooit voorgesteld dat het zo zou gaan. En toen het eenmaal zover was, kon ik niet eens bij de Hema onderbroeken vouwen. De voormalige fans waren me nog niet zo snel vergeten als de jongens van de band. Mensen haalden de bakken opgevouwen onderbroeken door de war, gooiden beha's op de grond. Voormalige groupies schuifelden geschokt achteruit als ze me daar tussen het vriendelijk geprijsde, comfortabele ondergoed zagen staan, om het vervolgens op een lopen te zetten. Waarschijnlijk om, eenmaal thuisgekomen, direct onder de douche te springen. Eén keer heb ik een worst tegen mijn hoofd gesmeten gekregen.

Hoongelach was mijn deel, de eerste paar jaar. Daarom stapte ik over op het callcenterwerk. Anoniem en eenvoudig, hoewel mijn gehoor, enigszins aangetast door het gitaargeweld en het siervuurwerk, nog af en toe voor wat professionele miscommunicatie zorgt. Aan de telefoon ben ik de afgelopen jaren nooit herkend, dus in die opzet ben ik geslaagd. Jammer is alleen dat ik zonder die telefoon ook al sinds april 1987 niet meer herkend ben, en dat is nooit de bedoeling geweest.

Eén keer nog, halverwege 1989, wist een man in een afgebladderd café in een landelijke uithoek nog dat ik die ene uit Nylon Lady was, maar toen hij me vervolgens identificeerde als Ad, ben ik zonder te betalen weggelopen. Ik kan geen keyboard spelen en heb het nooit gewild. De jongens meenden dat een keyboard onmisbaar was voor onze muziek, en dat Ad, als muzikaal genie, onmisbaar was voor onze band. Ik heb me laten overtuigen, maar nooit van harte. En achteraf heb ik natuurlijk gelijk gehad dat ik Ad en zijn keyboard nooit volledig vertrouwde.

Het begin van het einde was tijdens de '*Return to Monsterzone*'-tour 1983, op de dag dat Ad een meisje mee de kleedkamer in nam. Op zich was dat in die tijd niets om van op de barricades te springen, want dat deden we allemaal wel met een zekere regelmaat. Maar deze keer heette die van Ad niet Kimmy, Sylvia of Margreet, hoefde ze niet te huilen van de zenuwen en gaf ze hem bij het afscheid geen elastiekjes van haar beugel of het telefoonnummer van haar ouders. Dit meisje was een vrouw die Kaya heette, prachtig, wild blond haar had, en strakke zwartleren broeken droeg. Ze was drie jaar ouder dan Ad en had het veel over de te gekke ideeën die ze voor de band bedacht had. Bovendien bleef ze niet één nachtje. Ze bleef. Voorgoed, als ik Ad en Kaya mocht geloven.

Ik had geen idee waar Ad haar precies uit het riool gevist had, maar dat kon me ook niets schelen. Ze moest weg. Zeker toen met het idee gespeeld werd om haar met haar tamboerijn een plek in de band te geven. Ik wilde er niets over horen. De band was prima zoals die was, jongens onder elkaar, seks, make-up en rock & roll. Aan mijn lijf geen tamboerijn, geen te gekke ideeën van het eerste het beste paar tieten.

Helaas sloeg mijn haatcampagne jegens Kaya bij de rest van de band niet aan en had zij met haar te gekke idee om mij uit de band te zetten – omdat ik 'toch een beetje wild vlees' was, aangezien 'Ad beter kon zingen' dan ik, en hij bovendien 'toch een bruisend vat vol muzikaal en emotioneel talent' was – meer succes. Ik ben inderdaad nooit een bruisend vat vol muzikaal en emotioneel talent geweest, en Ad kon inderdaad beter zingen. Maar ik, ik was de frontman. Ik had het charisma. Ik was degene die de bombastische armbewegingen kon maken bij het afschieten van het vuurwerk, omdat mijn handen niet bezig waren met keyboards, gitaren of drumstokjes. Ik was de belichaming van de band. Daar kon geen lekker wijf met een tamboerijn tegenop. Maar ik moest weg.

'Onoverkomelijke artistieke meningsverschillen', zei het persbericht. 'Drugsprobleem', was de consensus in de muziekwereld en de fanbase. Het wegvallen van de originele bezetting was mijn schuld en die van mijn verslaving. Ik was daarom ook verantwoordelijk voor het feit dat ze in de nieuwe bezetting nooit meer hun oude niveau bereikten. En voor het uiteenvallen van de band, anderhalf jaar na mijn gedwongen vertrek. Niets bleef namelijk over van de voormalige glorie van Nylon Lady. Niets.

In 1985 stierf de band zonder mij de eenzame, roemloze dood als van een oude, zieke man bij wie door een paar tieten met een tamboerijn al lang geleden de tanden, de tong, de maag en de longen zijn uitgerukt. Echt voorbij was het toen. Maar dat betekende niet dat ik veilig was voor rondvliegende rookworsten. Het was allemaal mijn schuld. Mijn vermeende drugsprobleem had alles verpest. En dat terwijl ik buiten dropjes nooit aan iets verslaafd ben geweest.

En daarom zit ik hier nu, in een geestdodende bus, op weg naar mijn geestdodende werk. Inmiddels ben ik niet meer de rockgod, maar gewoon die ene man die twee dagen per week in die van 10:33 uur zit, en drie dagen per week in die van 7:33 uur. Die ene man waar je liever niet naast wil zitten omdat hij dag in dag uit hetzelfde vintage tourshirt aanheeft van een obscure band uit begin jaren '80. Een shirt dat je best zou willen hebben omdat het wel retro is, ware het niet dat die man het shirt al aanheeft zolang je je kunt herinneren, en de print – vijf langharige mannen op een draak kun je nog net zien – al door het vele dragen gescheurd en verkruimeld is. Er zitten wittige vlekken op het zwarte katoen en je wil niet weten waar die vandaan komen. Daarom ga je maar ergens anders zitten.

Ik heb er vandaag al minstens vier gezien, die overwogen om naast me plaats te nemen, maar daar toch op het laatste moment van afzagen. Eentje liep zelfs terug naar voren om maar niet naast mij te hoeven zitten. Het steekt, dat moet ik toegeven. Zelfs dat dikke, stinkende vrouwtje dat altijd dezelfde geruite rok aanheeft en 'Yellow Submarine' neuriet, gaat liever naast de ambtenaar aan de andere kant van het pad zitten dan naast mij.

Ik kan het haar niet kwalijk nemen. Ik ben in mijn leven intens bewonderd, nu word ik diep veracht. Gelukkig is het meer het stille soort verachting, nu. Je zou zeggen dat het verleden nu als een droom voor me zou zijn, maar dat is niet zo. Iedere dag hoop ik wakker te worden in mijn spandex op het podium. De kont aangespannen, de armen in de lucht, het vuurwerk aan weerszijden van het podium omhoogspuitend. Iedere dag hoop ik het harder.

Zoals vaker het geval is, merkte ik doordat ik zo met mezelf bezig was pas dat er vijf mannen in pak de bus waren binnengedrongen toen ze naast me stonden. Even ging ik ervan uit dat de Tros een nieuw programma had over sterren van toen en dat deze vijf mannen me op ludieke wijze voor de uitzending kwamen halen. Geen idee overigens waarom dat me als eerste te binnen schoot, maar ik vond het typisch iets voor de Tros. Iets ludieks.

De vijf mannen bleken helemaal niets ludieks in de zin te hebben toen ze de ambtenaar twee stoelen naast mij bij de kladden grepen. Hij had de hele weg met zijn armen over elkaar onderuitgezakt op zijn stoel gezeten en bewoog of reageerde zelfs niet toen het stinkende vrouwtje naast hem was gaan zitten. Nu piepte en sloeg hij om zich heen als een achtjarige die naar bed gedragen moet worden.

'Ik deed niks! Niks! U hebt geen idee! Dit moet een vergissing zijn,' hoorde ik hem nog piepen terwijl hij de bus uit werd gesleept. Het stinkende vrouwtje had nu een bankje voor haar alleen en zette tevreden een nieuw couplet in.

Ik was nog verbijsterd naar de abri van het eerstvolgende bushokje aan het staren, toen iemand naast me neerplofte. Aangenaam verrast draaide ik me naar hem om. Een jongen van halverwege de twintig lachte me vriendelijk toe en zei iets goedkeurends dat ik door het lawaaierige optrekken van de bus niet verstond. Ik liet hem weten dat ik het gemist had.

'Nylon Lady.' Hij knikte opnieuw goedkeurend.

Ik begreep even helemaal niets van wat hier gebeurde. Hij

had me herkend. Deze snotaap had me herkend. Na decennia van anonimiteit en beschimping komt er een snotaap de bus inzeilen die me goedkeurend herkent.

'Van je shirt. Dat zie je nergens meer. Legendarische band, dat wel. Hoe kom je daaraan? De '*Return to the Monsterzone*'-tour van '83 was het laatste goeie dat ze gedaan hebben, vind je niet? Te mooi dat je daar een T-shirt van hebt. Zeldzaam.'

Ik had geen idee wat ik moest zeggen. Of er iets was om te zeggen. Ik pruttelde geloof ik alleen iets.

'Ja, daarna hebben ze die zanger eruit gekickt, hè? Eeuwig zonde, zijn nooit meer in de buurt van hun oudere werk gekomen.' Hij zuchtte theatraal. 'Het klassieke verhaal van een vrouw die zich ermee gaat bemoeien. Die wijven ook altijd. Kunnen het niet laten, hè?' Hij haalde even luidruchtig zijn neus op. 'Heb ik me allemaal ook maar laten vertellen, hoor.'

Hij lachte. Ik ook, geloof ik. Ik wist duidelijk niet meer hoe ik met dit soort dingen moest omgaan. 'Door mijn moeder. Die kende vroeger de zanger van Nylon Lady.'

'O?'

Een lange, lange optocht van vrouwen trok aan mijn geestesoog voorbij, maar ze leken allemaal op elkaar, en het enige wat ik nog zeker wist was dat er drie Laura's geweest waren.

'Eén nachtje maar, hoor,' bagatelliseerde hij de relatie. 'Maar daar ben ik wel het resultaat van.' Zijn ogen glansden trots en hij blies een pluk haar uit zijn gezicht. Mooi, dik haar. Zacht ook, waarschijnlijk.

Voordat ik dat proefondervindelijk vast kon stellen, gilden de remmen boven alles uit. De bus klapte met een noodgang tegen iets aan. Iemand gilde, iemand riep de Heere. Mijn hoofd knalde met volle kracht tegen het 'Hier uw advertentie?'-bord op het glas voor mij aan. Daar hield alles op.

7

In de tauner aiwas born, lifdemen, hoeseeldesie, endietold, usovislai, findejehelo, sub merien, wejolif ine jellosub! Merien, jellosub! Merien, jellosub! Merien. Wejolif ine jellosub! Merien, jellosub! Merien, jellosub! Merien. In de tauner aiwas born, lifdemen, hoeseeldesie...

8

Ik zou hem mijn excuses hebben aangeboden als hij gewoon vanochtend de bus in gestapt zou zijn. Echt hoor. Toegegeven, ik zou misschien niet mijn tas voor hem opzij getrokken hebben, ik zou hem niet gevraagd hebben om de middag kleiend of origamiënd, of wat dat soort mensen ook maar in hun vrije tijd doen, bij me door te brengen, maar ik zou hem vriendelijk toegeknikt hebben. Ik zou hem in mijn buurt getolereerd hebben. Bovendien zou ik, als hij er echt mee had gezeten, mijn spijt betuigd hebben van mijn harde woorden. Echt hoor. Dat had ik nog bedacht toen ik vanmorgen in alle vroegte thuis mijn croissantje in mijn koffie aan het dopen was. Dat ik zou proberen het goed te maken. Omdat hij misschien juist mijn sleutel tot de ware kunst was, in plaats van zomaar het eerste het beste resultaat van generatielange inteelt. Ik zou geprobeerd hebben het goed te maken.

Er stak een wind op, of misschien had het de hele ochtend al gewaaid. Ik wist het niet meer. Het waaide nu in elk geval door het gebroken glas van de voorruit heen onder mijn nieuwe ribcolbertje.

'Meneer, wilt u weer even plaatsnemen, u blokkeert het gangpad. Wil iedereen weer op zijn plek gaan zitten? Geen paniek. Mevrouw, nergens voor nodig om zo te gillen. Zijn hier gewonden? Ah, wilt u even opzij gaan? Mevrouw? Me-vrouw! Opzij graag. Dank u.'

Het had waarschijnlijk de hele ochtend al gewaaid.

Ik had het me gisteravond gerealiseerd, toen ik met een fles dieprode wijn en een Gauloise van de blauwe soort op mijn balkon zat. Het waaide hard, het rijtje boompjes langs het kerkplein vocht als een oeroude eik tegen de elementen, maar ik had een dikke kabeltrui aan en zat uit de wind.

Ik was niet helemaal content met mijzelf. Dat is natuurlijk niet vreemd voor een kunstenaar als ik, immer in strijd met zichzelf en de maatschappij waarin hij geplaatst is, maar over het algemeen leven de maatschappij, ik en mijn zielenleven altijd in een staat van staakt-het-vuren op avonden als die van gisteren, waarop ik van mezelf even niet hoef te scheppen. Dan mag ik even genieten van het leven dat ik leef, namelijk dat van een talentvolle, gedreven en veelbelovende jongeman. Die allesbehalve lelijk is, bovendien. Gisteravond had het gemogen, maar het lukte me niet. De prangende stank van het falen leek om me heen te hangen en die valt met geen mogelijkheid subtiel weg te wuiven.

Ik wist dat ik al vijf best aardige boeken had kunnen schrijven in de tijd dat ik aan het dubben was over het Ware Debuut. Op deze manier zou het literaire succes dat mij toekwam nog zo onwaarschijnlijk lang op zich laten wachten, dat mijn Stem van de Generatie tegen die tijd al zwak, geraspt en doordrongen van een chronisch rokershoestje zou zijn. Er kon maar één verklaring zijn voor het feit dat ik in al die tijd nog geen ordinaire letter op papier had kunnen krijgen: ik leed niet genoeg voor mijn kunst.

Ja, ik had de financiële band met mijn familie min of meer opgezegd. Ja, ik had een appartementje in een achterlijk dorp betrokken, in plaats van een zolderkamer in een wereldstad, of een motorjacht in Portofino. Ja, ik zit iedere dag in een bus naast mensen die naar schoensmeer, bloemkool of natte hond ruiken, op weg naar een belachelijke baan. Het gevoel van sleur was onmiskenbaar, maar ik lééd niet echt. Het lijden was niet pussend, hartverlammend, allesoverheersend. Ik hoefde geen bruikbare restjes uit het vuilnis te schrapen. Ik kwam niet in contact met de mensen die ik zo laag achtte. Het éénogige vrouwtje bij de bakker bijvoorbeeld, de meisjes van de Albert Heijn, Harko met de gigantische bril, van de schrijfwarenwinkel onder mijn appartement. Ik zag ze, maar ik kénde ze niet echt. Ik ben nog niet bij ze thuis geweest, ik heb nog geen tapijtjes op tafels gezien, ik heb nog nooit een tuinkabouter aangeraakt. Omdat ik dat niet wilde. Omdat ik al zeurderig, lusteloos en moe werd van het idee.

Toen ik dat bedacht, schoot dat mannetje uit de bus me te binnen. Ik zou in principe liever een leven zonder erkenning of succes kennen dan een persoonlijke band met zo'n halvegare opbouwen, maar dat was natuurlijk de hele truc. Ik was te lui geweest. Ik had mezelf gespaard, omdat ik geen zín had om te lijden. Ik zou eigenlijk in zijn leven moeten infiltreren, zijn diepste geheimen en verlangens leren kennen. Dingen van hem horen die ik niet wilde horen, dingen met hem doen die ik niet wilde doen. Me van top tot teen onderdompelen in zijn walgelijke simpelheid en zo eindelijk kennismaken met het verpletterende Lijden. Lijden voor mijn kunst. Misschien moest ik zelfs maar gewoon ingaan op zijn weinig subtiel gebrachte aanbod om het bed met mij te delen.

Allereerst maar eens beginnen met het aanbieden van mijn excuses, want hij leek aardig gekrenkt toen hij de laatste keer uitstapte.

Maar vanmorgen was hij er niet. Je weet niet wat je hebt totdat het er niet meer is, zei een beroemde schrijver al eens [Geen idee meer wie. Thuis even uitzoeken.], en die waarheid bewees zich maar weer eens ten zeerste. Jarenlang was hij niet van me af te slaan geweest. Bij de bushalte stond hij altijd zo dicht mogelijk bij me, onbegrijpelijke vlagen van zijn hersenspinsels in zichzelf en mijn oor te murmelen als een reeds lang vergeten Cassandra in de Kalverstraat [Lelijke vergelijking. Wat wel?]. Wat ik ook probeerde, iedere dag stapte hij direct na mij de bus in, iedere dag nestelde hij zich naast of tegenover me. Iedere dag stoorde ik me aan hem. Dat was nu niet anders, maar nu stoorde ik me aan zijn afwezigheid, in plaats van aan zijn warme adem in mijn nek of aan zijn knieën die hij tegen de mijne aandrukt.

De bus verliet de halte en ik voelde mijn kans op een moeilijke periode in mijn leven en daarmee de geboorte van een doorleefd literair debuut door mijn handen glippen. Het was alsof hij nooit bestaan had, alsof ik mijn ware liefde gevonden had in een romanpersonage. Mijn enige kans op geluk verwoest door de fictionaliteit [hier ook even iets anders voor bedenken] van mijn levenspartner. Zo zat ik een tijdje te mijmeren over mijn tegenslag en er – gedreven door de zuivere inspiratie die dit opleverde – hier en daar aantekeningen van te maken, toen de bus abrupt stopte. Mijn pen gleed van het papier af en kraste door een groot deel van alle mooie woorden die ik juist had opgeschreven. Goddank nog te lezen. Ik keek op, maar door de verzuurde regen op de ruit werd mijn zicht op wat buiten bij de deur gaande was verdoezeld.

'Jezus zegt: zoekt mij en leeft', was het enige wat ik buiten de bus kon onderscheiden, en dat kon niet veel goeds betekenen. Ik ging er goed voor zitten, terwijl niemand in de bus op enige manier blijk durfde te geven van zijn verwondering of ontevredenheid. Niemand liep naar de buschauffeur om te vragen wat er aan de hand was. Niemand fluisterde tegen een ongeïnteresseerde medereiziger dat hij om acht uur bij een afspraak moest zijn en dat hij met dit tempo beter de benenwagen had kunnen nemen, ja toch? De spanning lag als een verstikkende deken over alle medereizigers heen, behalve over één, die het langzaam openklappen van de deur begeleidde met een luid gehumd 'Yellow Submarine'.

Nog vóór de deur volledig geopend was, stormden er één, twee, drie, vijf mannen naar binnen. Een eenheid, waren ze, met hun beregende zonnebrillen, de wapens verborgen onder hun zwarte maatpakken en in hun vastberadenheid om hun gezamenlijke taak te volbrengen. Dat was glashelder. Deze mannen hadden een missie. Ik begreep direct welke missie. Ze waren als één man en ze kwamen me halen. Ik wist het zeker. Eindelijk.

Als een kind bij de intocht van Sint Nicolaas, zo gelukkig en angstig tegelijk was ik. Ze zouden me om onduidelijke redenen in het gevang gooien. Op water en bruinige soep zag ik mezelf, zittend in een bedompte cel met één flikkerend peertje en vleermuizen hangend aan het plafond. Zonder rechtvaardig proces en mét een paar extra littekens zou ik achter de tralies gegooid worden en minstens veertien jaar lang zou het daglicht voor mij slechts nog een ijle droom zijn. De bleke duisternis en de bedompte lucht zouden mijn vrienden worden, naast de knoestige bewaker met het heimelijke hart van goud, die me schrijfwaren en een kaars zou toestoppen. Bij kaarslicht zou ik een boek schrijven, mijn boek. Het belangrijkste boek ooit geschreven, met alles erin wat ooit nog in een boek geschreven moet worden. Alles erin wat niemand ooit nog had kunnen opschrijven. Ik had namelijk niets te verliezen en veel te vertellen. *Het Laatste Boek.* Nooit meer zou er een ander boek geschreven hoeven worden, want ook al was mijn vrijheid me ontnomen, in mijn eenzame opsluiting zou ik overspoeld worden door de puurste ideeën en filosofieën die de kern van ons bestaan zouden raken. Geen andere schrijver zou ooit meer zijn gedachten zo ongecorrumpeerd door de perverse invloed van het moderne leven op papier kunnen zetten. Ongekend in pretentie en aanpak zou mijn boek worden. De bewaker zou mijn manuscript laten publiceren en de gehele wereld zou het lezen en vervolgens tegen mijn onterechte opsluiting in opstand komen. De literatuur zou winnen. Voor het eerst in de wereldgeschiedenis zou de literatuur winnen.

De vijf mannen stevenden me voorbij. Ze hielden niet in bij mijn stoel, ze keken niet naar me, ze lieten niet eens vrijgevochten regendruppels op me achter. Alleen vijf windvlaagjes kreeg ik, en ik mocht hun collectieve anonieme aftershave opsnuiven. De geur van het avontuur.

Ze liepen door naar een willekeurige figurant, iemand die met de vermelding 'toevallige medepassagier # 23' op de aftiteling van mijn leven nog geluk zou hebben gehad, en mij lieten ze zitten in mijn belletje van burgerlijke tevredenheid en algehele onvermogen om te creëren. Natuurlijk, het was te verwachten. Het leven is me altijd goedgezind geweest en heeft me daarmee dus altijd op ieder mogelijk vlak tegengewerkt. De literatuur zal nooit winnen zolang ik mijn bittere ellende niet krijg. Zo simpel is het.

Ik hoorde toevallige medepassagier # 23 nog wat brullen, maar het kon me niets schelen. Hij mocht niet zeiken. Hij zag niet zijn mogelijk enige kans op mondiale erkenning van zijn genie zich door de neus geboord worden. Hij behoorde zich in de handjes te knijpen. In plaats daarvan brulde hij de hele bus bij elkaar. Weer een prachtige buitenkans verspild aan een talentloos kuiken.

Ik begon in te zien dat ik hier een oneerlijke strijd aan het leveren was. Mijn enige verlangen was verlost te zijn van deze constante staat van 'Ach ja, ik mag niet klagen'. Ik wilde af van mijn gezondheid, van een paar ledematen, van mijn dierbaren. Ik wilde voelen, geestelijk voelen, met onmetelijke pieken en dalen, met vrije val en verre klim. Het lot gunde het mij niet. Het lot gunde mij niks. Ik was een slachtoffer van mijn lot, zonder daar plezier van te hebben. Met alle liefde zou ik de levensverwoestende tegenslagen van mijn medemens overnemen. Wat dan ook. Maar het zat er niet in. Nadat zij zoveel eerdere ochtendzonnen had doen verbleken met haar schitterende belofte aan de horizon, begon mijn literaire debuut nu te vervluchtigen bij die van vandaag. Ik mocht mezelf niet langer voor de gek houden. Ik zou mijn leven lang middelmatig blijven. Ik was mislukt. Als kunstenaar, als mens.

En toen kwam de klap. Ik zag al wat er zou gebeuren voordat er ook maar iets niet in de haak was. Hij stapte uit een rozenbottelstruik tevoorschijn en direct wist ik wat hij van plan was. Dinges. Hoeheetie? Hij had het me verteld, maar ik had het niet echt geregistreerd. Het was iets oubolligs, zoals Dries of Freek. Henk? Joost mag het weten. Joost? Nee. Waanzin kolkte in zijn ogen, vermoedde ik. Hij was nog te ver weg om dat waar te kunnen nemen. De bus naderde en toen Freek hem dichtbij genoeg achtte, nam hij een aanloop en sprong op het asfalt. Remmen had geen zin meer, zo bleek. Ik zag hem, terwijl hij tegen de voorkant aan kletste. Hij zag mij, hij zag dat ik hem zag. Hij zag dat ik zag dat hij zag dat ik hem zag. Enfin, we zagen elkaar, en het joeg een ijskoude scheut door mijn hele lichaam. Zijn blik was die van een gebroken mens, kapot vanbinnen. Een diep verwijtende blik, die zich als een fikse splinter in mijn ziel nestelde.

Het had de klap van te zware man tegen bus nodig, maar ineens was het glashelder. Ik was verantwoordelijk voor zijn ondergang. Het was hem om mij te doen. Mijn desinteresse was de directe oorzaak van zijn wanhoopsdaad. Mijn afwijzing had Henk over de kling gejaagd. Ik, de zelfverklaard bezielde kunstenaar, had zijn vurige passie voor perverse hitsigheid gehouden. Ik had het niet willen zien. Ik had beter kunnen weten.

Na de klap verwaterde zijn blik in een bloederige smurrie. De staat van zijn lichaam vormde zich naar de staat van zijn geest. Er was niets meer van hem over. Langzaam drong het gillen van wat vrouwen en een enkele man tot me door.

'O, dit gaat mijn slapeloosheid niet ten goede komen,' hoorde ik, en drie mensen in mijn nabije omgeving belden het alarmnummer. Ik kon het ze niet kwalijk nemen. Ze hadden geen idee. Bovendien is het bellen naar 112 de deelname aan het Eurovisie Songfestival onder de telefoongesprekken: het is naar, maar toch te gek om te doen als de kans zich voordoet.

Ik vroeg me af of ik het moest vertellen als de politie kwam. Of ik moest vertellen dat hij een hartstochtelijke liefde voor me had opgevat en dat ik hem had afgewezen. Dat ik uit pure zelfingenomenheid zijn schreeuw om liefde had genegeerd en hem zo had aangezet tot het meer dramatische soort suïcide. Dat er alleen maar verliezers waren in ons verhaal.

De politie kwam, de ambulances volgden. Dries werd voorzichtig van het asfalt geschraapt, maar de sporen die hij op de voorruit had achtergelaten bleven onaangeraakt.

'Komt u even mee naar buiten?' De politieman was naast me komen staan en keek me begripvol aan. Dat was hem ongetwijfeld zo geleerd bij een of andere workshop. 'Kunt u daar een verklaring afleggen.'

Ik zou het voor mezelf houden. Het was een kruis dat ik zelf moest leren dragen. Terwijl ik achter de diender aan liep, herinnerde ik het me ineens weer. Het had niet gewaaid, eerder vanochtend, het had geregend. Mijn nieuwe ribcolbertje was er nog een beetje klam van.

Aftiteling

Herman hield aan de klap alleen een lichte hersenschudding over. Zijn zoon bleek in de lokaal vooraanstaande Kiss-coverband SICK te spelen en Herman werd na een paar maanden trouw vooraan staan bij alle optredens, officieel benoemd tot chauffeur, tourmanager, roadie, backliner, monitorman en visagist voor SICK. Ook zorgde hij voor de special effects tijdens de show en naaide hij thuis de kostuums voor de band.

Floks en Dimitri besloten na een paar ongemakkelijke afspraakjes in Café Plop een relatie met elkaar aan te gaan, waar Floks na tweeënhalve maand een eind aan maakte. Dimitri werkte na zijn studie jarenlang in een apotheek in Wolvega en is nooit gelukkig getrouwd geweest. Floks brak haar studie personeelsmanagement af en vertrok na een paar jaar werken bij de Hema naar New York, waar ze redelijke faam verwierf als binnenhuisarchitect. Het konijn werd uiteindelijk dokter Robert Schoemacher genoemd.

De moeder van Iva is haar niet meer op komen halen. Dat was even vervelend, maar daarna werd er nooit meer over gepraat. Jaren later zou Iva grensverleggend werk in het veld van de cognitieve kunstmatige intelligentie doen.

Er zijn in de loop van de tijd nog een aantal Stemmen van de Generatie opgestaan, maar geen van hen heeft ooit in de bus van 07:17 uur gezeten.

Een Woord van Dank

Eigenlijk zou ik iedereen het liefst een mooie ansicht sturen met dansende konijnen erop, maar aangezien die niet zomaar aan de bomen groeien en teveel postzegels en alles, wil ik deze bladzijde gebruiken om iedereen te bedanken die zich al dan niet gevraagd/bewust heeft bemoeid met het ontstaan van deze Shiloh Nouvel Debuutroman.

Ten eerste: mijn liefhebbende en alwetende ouders, mijn liefhebbende en betwetende broer en zus. Dan mijn duo lievelingsmensen Marten (voor 'De Jazzband des Doods' etc.) en Robert (omdat ik in zijn buik mag flubberen, en alléén daarom). Frank Bierens en Jan Hoek omdat ze me liefdevol getolereerd hebben in het Spunkkantoor, Oscar van Gelderen en mijn bloedmooie redactrice Diana Gvozden voor nou ja, alles, in principe.

Dan: Frank Schuemie voor het ambulance-idee in het algemeen en Thijs Gras van VZA Ambulancedienst Amsterdam en omstreken voor de uitwerking van het ambulance-idee in het bijzonder. Iggy of Cobus, lelijke bulldogs van een antiekzaak in Utrecht, voor het over mijn tas heen plassen, waarna – na het in de wasmachine gooien van de bewuste tas – mijn aantekeningenschrift een geheel vrije vorm aannam. Pim Osterhaus en zijn kameraden voor de sporadische gratis thee in de Seven2Seven, Wilma en Hans Swarts voor het lenen van de laptop en Lutgard Mutsaers voor het afraden van gebatikte bloesjes. Ook oprechte dank aan *This is Spinal Tap*, Ed Helms, *The Onion* en Henry Miller, van wie ik sans gêne ideeën gejat heb (wie het weet mag het zeggen!), en Tommy February 6 voor het maken van 'E-Mail More', het ideale liedje om op de maat mee te tikken.

En voor iedereen die me ooit 'En, hoe is het nou met je boek?' gevraagd heeft: dat is nu af, dus.